हिन्द पॉकेट बुक्स

शरत्चन्द्र की श्रेष्ठ कहानियां

शरत्चन्द्र चट्टोपाध्याय बांग्ला के सुप्रसिद्ध उपन्यासकार एवं लघु कथाकार थे। उनकी अधिकांश कृतियों में गाँव के लोगों की जीवनशैली, उनके संघर्ष एवं उनके द्वारा झेले गए संकटों का वर्णन है। इसके अलावा उनकी रचनाओं में तत्कालीन बंगाल के सामाजिक जीवन की झलक मिलती है। शरत्चन्द्र भारत के सार्वकालिक सर्वाधिक लोकप्रिय तथा सर्वाधिक अनूदित लेखक हैं। 16 जनवरी 1938 ई. को कलकत्ता में 62 वर्ष की उम्र में उनका निधन हुआ।

शरत्चन्द्र की श्रेष्ठ कहानियां

शरत्चन्द्र

पेंगुइन रैंडम हाउस इम्प्रिंट

हिन्द पॉकेट बुक्स

यूएसए | कनाडा | यूके | आयरलैंड | ऑस्ट्रेलिया | सिंगापुर
न्यू ज़ीलैंड | भारत | दक्षिण अफ्रीका | चीन

हिन्द पॉकेट बुक्स, पेंगुइन रैंडम हाउस ग्रुप ऑफ़ कम्पनीज़ का हिस्सा है,
जिसका पता global.penguinrandomhouse.com पर मिलेगा

पेंगुइन रैंडम हाउस इंडिया प्रा. लि.,
चौथी मंजिल, कैपिटल टावर -1, एम जी रोड,
गुड़गांव-122002, हरियाणा, भारत

पेंगुइन
रैंडम हाउस
इंडिया

प्रथम हिन्दी संस्करण हिन्द पॉकेट बुक्स द्वारा 2003 में प्रकाशित
यह हिन्दी संस्करण हिन्द पॉकेट बुक्स में पेंगुइन रैंडम हाउस द्वारा 2020 में प्रकाशित

10 9 8 7 6 5 4 3 2

ISBN 9789353497477
मुद्रक: रेप्रो इंडिया लिमिटेड

www.penguin.co.in

अनुक्रम

मन्दिर	7
बाल्य-स्मृति	27
हरिलक्ष्मी	39
मुक़दमे का नतीजा	63
प्रकाश और छाया	82
एकादशी बैरागी	105
बोझ	123
महेश	146

मन्दिर

एक गांव में नदी के किनारे कुम्हारों के दो घर थे। उनका काम था नदी में से मिट्टी उठाकर सांचे में ढालकर खिलौने बनाना और हाट में ले जाकर उन्हें बेच आना। हमेशा से उनके यहां यही काम होता आया है और इसी से उनके ओढ़ने-पहनने, खाने-पीने आदि की गुज़र होती रही है। औरतें भी काम करती हैं, पानी भरती हैं, रसोई बनाकर पति-पुत्र को खिलाती हैं और आवां ठंडा होने पर उसमें से पके खिलौने निकाल-निकालकर उन्हें आंचल से झाड़-पोंछकर चित्रित करने के लिए मरदों के आगे रख दिया करती हैं।

शक्तिनाथ ने इन्हीं कुम्हार-परिवार के बीच आकर अपने लिए एक स्थान बना लिया था। यह रोग-क्लिष्ट ब्राह्मणकुमार अपने बन्धु-बान्धव, खेल-कूद, पढ़ना-लिखना, सबकुछ छोड़-छाड़कर एक दिन सहसा इन मिट्टी के खिलौनों पर झुक पड़ा। वह खपच्ची की छुरी धो देता, सांचे के भीतर से मिट्टी साफ़ कर देता और उत्कंठित और असन्तुष्ट चित्त से देखता रहता कि खिलौनों का चित्रांकन कैसी असावधानी से हुआ करता है। स्याही से खिलौनों की भौंहें, आंखें, ओठ आदि अंकित कर दिए जाते थे, किसी की भौंहें मोटी हो जातीं तो किसी की आधी ही बनतीं, किसी के ओठ के नीचे स्याही का दाग़ लग जाता, तो किसी के कुछ। शक्तिनाथ अधीर उत्सुकता के साथ प्रार्थना करता, "सरकार भइया, ऐसी लापरवाही से क्यों रंग रहे हो?"

सरकार भइया; यानी कारीगर, स्नेह के साथ हंसता हुआ जवाब देता, "महाराज जी, अच्छी तरह रंगने में पैसे लगते हैं, उतना देता कौन है, बोलो। एक पैसे का खिलौना चार पैसे में तो नहीं बिकेगा?"

इस सहज बात की काफ़ी आलोचना करने पर भी शक्तिनाथ सिर्फ़ आधी ही बात समझ सका। एक पैसे का खिलौना ठीक एक ही पैसे में बिकेगा, चाहे उसकी भौंहें पूरी हों, या आधी ही हों! दोनों आंखें समान, असमान, चाहे जैसी हों, वही एक पैसा। फ़िजूल कौन इतनी मेहनत करे? खिलौने ख़रीदेंगे लड़के, दो घड़ी उससे प्यार करेंगे, सुलाएंगे, गोद में लेंगे, उसके बाद तोड़-फोड़कर फेंक देंगे, बस यही तो?

शक्तिनाथ घर से सबेरे जो मूड़ी[1]-मुड़की[2] धोती में बांध लाया था, उसका कुछ हिस्सा अब भी बंधा हुआ है। उसको खोलकर बहुत ही अनमना-सा होकर चबाते-चबाते और बखेरते-बखेरते वह अपने टूटे-फूटे मकान के आंगन में आ खड़ा हुआ। घर में कोई नहीं था। भग्न स्वास्थ्य वृद्ध पिता जमींदार के यहां मदनमोहन भगवान् की पूजा करने गए थे। वहां से वे भीजे अरवा चावल, केले, मूली आदि चढ़ाया हुआ नैवेद्य बाध लाएंगे, उसके बाद रांधकर पुत्र को खिलाएंगे। घर का आंगन कुन्द, कनेर और हरसिंगार के पेड़ों से भरा हुआ है। गृहलक्ष्मी-हीन मकान में चारों तरफ़ जंगल दिखाई देता है, किसी तरह का सिलसिला नहीं, किसी चीज़ में सजावट नहीं। वृद्ध मधुसूदन भट्टाचार्य किसी तरह दिन काटते हैं! शक्तिनाथ फूल तोड़ता, डालें हिलाता और पत्तियां नोंचता हुआ सारे आंगन में अन्यमनस्क भाव से घूमने-फिरने लगा।

रोज सबेरे शक्तिनाथ कुम्हारों के घर जाया करता है। आजकल उसे खिलौनों पर रंग चढ़ाने का अधिकार मिल गया है। उसका सरकार भइया बड़े जतन के साथ सबसे अच्छा खिलौना छांट के उसके हाथ में देता और

---

1. भुने हुए नमकीन चावल, 2. गुड़ में पगी खीलें।

कहता, "लो महाराज जी, इसे तुम रंगो।" महाराज जी दोपहर तक उसी एक खिलौने को रंगते रहते। शायद खूब अच्छा रंगा जाता, फिर भी एक पैसे से ज़्यादा कोई नहीं देता, परन्तु सरकार भइया घर आकर कहता, "महाराज जी का रंगा हुआ खिलौना दो पैसे में बिका!" सुनकर शक्तिनाथ मारे ख़ुशी के फूला नहीं समाता।

इस गांव के जमींदार कायस्थ हैं। देव-द्विज पर उनकी भक्ति बहुत ही बढ़ी-चढ़ी है। गृह-देवता मदनमोहन की प्रतिमा कसौटी की है; पास ही सुवर्णरंजित श्रीराधा हैं, अतिशय ऊंचे मन्दिर में रौप्य-सिंहासन पर उन्हीं के द्वारा प्रतिष्ठित। वृन्दावन-लीला के कितने ही अपूर्व सुन्दर चित्र दीवारों पर सुशोभित हैं। ऊपर किमखाब का चंदोवा है जिसके बीच में सैकड़ों शाखावाला झाड़ लटक रहा है। एक तरफ़ संगमरमर की वेदी पर पूजा की सामग्री सजी हुई है, और नित्य-निवेदित पुष्प-चन्दन के घन-सौरभ से मन्दिर-भर सुरभित हो रहा है। शायद स्वर्गसुख और सौन्दर्य की याद दिलाने के लिए ये पुष्प और यह सुगन्ध पूजा का प्रथम उपचार बने हुए हैं, और उनकी सुकोमल सुरभि ने वायु के स्तर-स्तर में संचरित होकर इस मन्दिर की वायु को निविड़ बना रखा है।

बहुत दिनों की बात कह रहा हूं। जमींदार राजनारायण बाबू ने जब प्रौढ़ता की सीमा में पांव रखते ही पहले-पहल समझा कि इस जीवन की छाया क्रमशः दीर्घ और अस्पष्ट होती जा रही है, जिस दिन सबेरे पहले-पहल समझा कि इस जमींदारी और धन-ऐश्वर्य के भोग की मियाद प्रतिदिन घटती ही जा रही है, पहले-पहल जिस दिन मन्दिर के एक ओर खड़े-खड़े उन्होंने आंखों से ग़म के आंसू बहाए, मैं उसी दिन की बात कह रहा हूं। तब उनकी एकमात्र सन्तान कन्या अपर्णा पांच वर्ष की बालिका थी। पिता के पैरों के पास खड़ी होकर वह एकाग्रचित्त से देखा करती, मधुसूदन भट्टाचार्य मन्दिर के उस काले खिलौने को चन्दन से चर्चित कर

रहे हैं, फूलों से सिंहासन वेष्टित कर रहे हैं और उसकी स्निग्ध सुगन्ध आशीर्वाद की भांति मानो उसे स्पर्श करती फिरती है। इसी दिन से प्रतिदिन वह बालिका सन्ध्या के बाद अपने पिता के साथ देवता की आरती देखने आया करती और मंगलोत्सव के बीच में वह अकारण ही विभोर होकर देखती रह जाती।

धीरे-धीरे अपर्णा बड़ी होने लगी। हिन्दू घराने की लड़की जिस तरह ईश्वर की धारणा हृदयंगम किया करती है, वह भी वैसे ही करने लगी। इस मन्दिर को पिता की अत्यन्त आदर की सामग्री जानकर उसे वह अपने ही हृदय-शोणित के समान समझने लगी और अपने प्रत्येक काम और खेल-कूद में यही बात प्रमाणित करने लगी। दिन-भर उसी मन्दिर के आसपास बनी रहती और एक भी सूखी घास का तिनका या सूखा फूल मन्दिर के भीतर पड़ा रहने देना उसे सहन नहीं होता। एक बूंद पानी कहीं गिर गया तो-उसे वह अपने आंचल से पोंछ देती। राजनारायण बाबू की देव-निष्ठा को लोग ज़्यादती समझते थे, परन्तु अपर्णा की देव-सेवा-परायणता उस सीमा को भी अतिक्रम करने लगी। पुराने पुष्प-पात्र में अब फूल नहीं समाते, दूसरा एक बड़ा मंगाया गया है। चन्दन की पुरानी कटोरी बदल दी गई है। भोज्य और नैवेद्य का परिमाण पहले से बहुत बढ़ गया है। यहां तक कि नित्य नूतन नाना प्रकार की पूजा का आयोजन और उसकी निर्दोष व्यवस्था के झंझट में पड़कर वृद्ध पुरोहित तक घबरा उठे हैं। जमींदार राजनारायण बाबू यह सब देख-सुनकर भक्ति और स्नेह से गद्गद कंठ से कहते, "देवता ने मेरे घर स्वयं अपनी सेवा के लिए लक्ष्मी को भेज दिया है, तुम लोग कोई कुछ बोलो मत।"

यथासमय अपर्णा का विवाह हो गया। इस आशंका से कि मन्दिर छोड़कर अब उसे अन्यत्र कहीं जाना पड़ेगा, उसके चेहरे की हंसी असमय में ही सूख गई। दिन सुधवाया जा रहा है, उसे ससुराल जाना होगा। भरपूर बिजली छाती में दबाए वर्षा के घने काले बादल जैसे अवरुद्ध गौरव के

गुरुभार से स्थिर होकर कुछ देर तक आकाश में बरसने के लिए तैयार खड़े रहते हैं, उसी तरह स्थिर होकर अपर्णा ने एक दिन सुना कि वह सुधट सवाया हुआ दिन आज आ गया है। उसने पिता के पास जाकर कहा, "बाबू जी, मैं भगवान् की सेवा का जो बन्दोबस्त किए जाती हूं, उसमें किसी तरह का फ़र्क़ न आने पावे।"

वृद्ध पिता रो पड़े, बोले, "सो तो बिटिया, नहीं, कोई फ़र्क़ नहीं आएगा।"

अपर्णा चुपचाप चली आई। उसके मां नहीं है, वह रो नहीं सकी। वृद्ध पिता की दोनों आंखों में आंसू भरे हैं, वह ग़ुस्सा कैसे हो सकती है? इसके बाद, योद्धा जिस तरह अपने व्यथित रो पड़नेवाले वीर हृदय को पौरुष से सूखी हंसी से ढंककर झटपट घोड़े पर सवार होकर चल देता है, उसी तरह अपर्णा पालकी में चढ़कर गांव छोड़कर अनजाने कर्तव्य के शासन को सिर-माथे रखकर चली गई। अपने उभरते हुए आंसू पोंछते हुए उसे याद आया कि पिता के आंसू तो पोंछ ही नहीं आई। उसका हृदय रो-रोकर लगातार न जाने कितनी शिकायतें करने लगा। एक तो वैसे ही ग्रामान्तर के मन्दिर में जब सन्ध्या के शंख-घंटा बज उठे, तो वह आजन्म-परिचित आरती का आह्वान-शब्द उसके कानों के भीतर से मर्म तक नैराश्य का हाहाकार पहुंचाने लगा। छटपटाकर अपर्णा ने पालकी का द्वार खोल डाला, वह सन्ध्या के अंधकार में से देखने लगीं और छायानिविड़ ऊंची एक-एक देवदारु की चोटी पर एक परिचित मन्दिर के समुन्नत शिखर की कल्पना करके वह उच्छ्वसित आवेग से रो उठी। ससुराल की एक दासी उसके पीछे ही चली आ रही थी। उसने झटपट पास आकर कहा, "छि: बहू जी, इस तरह क्या रोना चाहिए? ससुराल कौन नहीं जाता?"

अपर्णा ने दोनों हाथों से मुंह ढंककर रोना बन्द करके पालकी के किवाड़ बन्द कर लिए।

ठीक इसी समय मन्दिर के भीतर होकर पिता राजनारायण मदन मोहन भगवान् के सामने धूप के धुएं और आंसुओं से अस्पष्ट एक

देवीमूर्ति के अनिन्द्य-सुन्दर मुख पर प्रियतमा दुहिता का चेहरा देख रहे थे।

अपर्णा पति के घर रहती है। यहां उसके पति से बातचीत करने की अनिच्छा में ज़रा भी आवेग और ज़रा-सी भी चंचलता तक प्रकट न हुई। प्रथम प्रेम का स्निग्ध संकोच और मिलन की सलज्ज उत्तेजना, कोई भी उसकी मैली आंखों की पूर्व दीप्ति वापस न ला सकी। प्रारम्भ से ही स्वामी और स्त्री दोनों ही जैसे परस्पर एक-दूसरे के सामने किसी दुर्बोध अपराध के अपराधी बन रहे हैं। और उसी की क्षुब्ध वेदना किनारों को बहा ले जानेवाली उमड़ती-घुमड़ती नदी की भांति एक लांघ न सकनेवाला व्यवधान खड़ा करके बहती चली जाने लगी

एक दिन बहुत रात बीते अमरनाथ ने धीरे-से पुकारकर कहा, "अपर्णा, तुम्हें यहां रहना अच्छा नहीं लगता?"

अपर्णा–जाग रही थी, बोली, "नहीं।"

अमर–मायके जाओगी?

अपर्णा–जाऊंगी।

अमर–कल जाना चाहती हो?

अपर्णा–हां, जाना चाहती हूं।

क्षुब्ध अमरनाथ जवाब सुनकर अवाक् रह गया। कुछ देर चुप रहकर बोला–और अगर जाना न हो सके?

अपर्णा ने कहा–तो जैसे हूं, वैसे ही रहूंगी।

फिर कुछ देर दोनों ही चुप रहे। अमरनाथ ने बुलाया–अपर्णा!

अपर्णा ने अन्यमनस्क भाव से कहा–क्या है?

"मेरी क्या तुम्हें कोई ज़रूरत ही नहीं?"

अपर्णा ने कपड़े से सर्वांग अच्छी तरह ढंककर आराम से सोते हुए कहा, "इन सब बातों से बड़ा झगड़ा होता है, ये सब बातें मत करो।"

"झगड़ा होता है, कैसे जाना?"

"जानती हूं, मेरे मायके में मंझले भइया और मंझली भाभी में इसी

बात पर रोज़ खटक जाया करती है। मुझे कलह-लड़ाई अच्छी नहीं लगती।"

सुनकर अमरनाथ उत्तेजित हो उठा। अंधेरे में टटोलता हुआ मानो वह इसी बात को अब तक ढूंढ़ रहा था, सहसा आज मानो वह हाथ में आ लगी, कहने लगा, "आओ अपर्णा, हम भी झगड़ा करें! इस तरह रहने की अपेक्षा तो लड़ाई-झगड़ा लाख गुना अच्छा।"

अपर्णा ने स्थिर भाव से कहा, "छिः झगड़ा क्यों करने चलें? तुम सो जाओ।"

इसके बाद इस बात को कि अपर्णा सोई या जागती रही, अमरनाथ सारी रात जागते हुए भी न समझ सका।

भोर से लेकर शाम तक अपर्णा का सारा दिन काम-काज और जप-तप में ही बीत जाता है। यह देखकर कि रस-रंग और हास्य-कौतुक में वह ज़रा भी प्रवेश नहीं करती, उसकी बराबर की स्त्रियां मज़ाक़ में उसे न जाने क्या-क्या कहती रहतीं, ननदें उसे 'गुसा ईंजी' कहकर हंसी उड़ातीं, फिर भी वह उनके दल में मिल-जुल न सकी, बार-बार यही सोचने लगी कि दिन व्यर्थ ही बीते जा रहे हैं और यह जो अलक्ष्य आकर्षण से उसका प्रत्येक शोणित-बिन्दु उस पिता द्वारा प्रतिष्ठित किए गए मन्दिर की ओर भाग जाने के लिए पूर्णिमा के उद्वेलित समन्दर की लहरों की तरह हृदय के किनारों-उपकिनारों पर दिन-रात पछाड़ें खा रहा है, उसको कैसे रोका जाए? घर-गृहस्थी के काम से? छोटे-मोटे हास-परिहास से? उसका क्षुब्ध अस्वस्थ चित्त, जो एक भारी भ्रान्ति को सिर पर लादे हुए आप-ही-आप चक्कर खाकर मर रहा है, उसके पास एक पति का लाड़-प्यार और स्नेह, परिजन-वर्ग की प्यार-भरी बातें कैसे पहुंचें? किस तरह वह समझे कि कुमारी की देव-सेवा के द्वारा नारीत्व के कर्तत्व का सारा परिसर परिपूर्ण नहीं किया जा सकता?

अमरनाथ के समझने की भूल है, वह उपहार लेकर स्त्री के पास आया है।

दिन के क़रीब नौ-दस बजे होंगे। नहाने के बाद अपर्णा पूजा करने जा रही थी। जहां तक हो सका, गले का स्वर मधुर करके अमरनाथ ने कहा, "अपर्णा, तुम्हारे लिए कुछ उपहार लाया हूं, दया करके लोगी क्या?"

"अपर्णा ने मुस्कुराते हुए कहा, "लूंगी क्यों नहीं?"

अमरनाथ के हाथ में चांद आ गया। वह आनन्द के साथ शौक़ीन रूमाल में बंधे हुए एक सूफ़ियाना बॉक्स का ढककन खोलने बैठ गया। ढक्कन के ऊपर सुनहरे अक्षरों में अपर्णा का नाम लिखा हुआ है। अब उसने अपर्णा का चेहरा देखने के लिए एक बार उसके मुंह की तरफ़ देखा, परन्तु देखा कि आदमी कांच की बनी नकली आंख लगाकर जैसे देखता है, उसी तरह अपर्णा उसकी तरफ़ देख रही है। यह देखकर उसके सारे उत्साह ने एक क्षण में बुझकर मानो अर्थहीन एक बूंद सूखी हंसी में अपने को छिपाना चाहा। शर्म के मारे गड़ जाने पर भी उसने बॉक्स का ढक्कन खोलकर कुन्तलीन आदि की कई एक शीशियां और न जाने क्या-क्या निकालना शुरू किया, परन्तु अपर्णा ने बाधा देते हुए कहा, "यही सब क्या मेरे लिए लाए हो?"

अमरनाथ के बदले गोया और किसी ने जवाब दिया, "हां, तुम्हारे लिए ही लाया हूं। दिलख़ुश की शीशियां..."

अपर्णा ने पूछा, "बॉक्स भी मुझे दे दिया क्या?"

"ज़रूर।"

"तो फिर क्यों यूं ही सब बाहर निकाल रहे हो? बॉक्स में ही रहने दो सब।"

"अच्छा, रहने दो। तुम लगाओगी न?"

अकस्मात् अपर्णा की भौंहें सिकुड़ गईं। सारी दुनिया से लड़ाई करके उसका क्षत-विक्षत हृदय परास्त होकर वैराग्य ग्रहण किए चुपचाप एकान्त में जा बैठा था, सहसा उस पर इस स्नेह के अनुरोध ने गन्दे उपहास का आघात किया, चंचल होकर उसने उसी वक़्त प्रतिघात किया, कहा, "नष्ट नहीं होगा, रख दो। मेरे सिवा और बहुत लोग इस्तेमाल करना जानते हैं।"

इतना कहकर उत्तर के लिए ज़रा भी प्रतिक्षा किए बिना, अपर्णा पूजा-घर में चली गई और अमरनाथ विह्वल की तरह उस अस्वीकृत उपहार पर हाथ रखे हुए उसी तरह बैठा रहा। पहले उसने मन-ही-मन हज़ार बार अपने को निर्बोध कहकर तिरस्कृत किया। फिर, बहुत देर बाद उसने एक गहरी सांस भरकर कहा, "अपर्णा, तुम पाषाणी हो!" उसकी आंखों में आंसू भर आए, वह वहीं बैठा-बैठा बराबर आंखें पोंछने लगा। अपर्णा यदि स्पष्ट भाषा में अस्वीकार करती तो बात कुछ और ही तरह का असर लाती। वह जो अस्वीकार किए बिना भी अस्वीकार की पूरी जलन उसकी देह पर पोत गई है, उसका प्रतिकार वह कैसे करे? क्या वह अपर्णा को उसके पूजा के आसन से खींच लाकर उसी के सामने उसके उपेक्षित उपहार को ख़ुद ही लात मारकर तोड़-फोड़ डाले और सबके सामने भीषण प्रतिज्ञा करे कि अब वह उसका मुंह न देखेगा? वह क्या करे, कितना और क्या कहे, कहां लापता होकर चला जाए, क्या भस्म रमाकर साधु-संन्यासी हो जाए और कभी अपर्णा के दुर्दिनों में अकस्मात् कहीं से आकर उसकी रक्षा करे? इस प्रकार सम्भव-असम्भव न जाने कितने तरह के उत्तर-प्रत्युत्तर और वाद-प्रतिवाद उसके अपमान-पीड़ित मस्तिष्क में अधीरता के साथ उत्पन्न होने लगे। नतीजा यह हुआ कि वह उसी तरह बैठा रहा, और वैसे ही रोने लगा, परन्तु किसी भी तरह उसके इन शुरू से आख़िर तक के बिखरे हुए संकल्पों की लम्बी सूची पूरी न हो सकी।

उसके बाद दो दिन और दो रातें बीत गईं, अमरनाथ घर सोने नहीं आया। मां को मालूम पड़ने पर उन्होंने बहू को बुलाकर थोड़ा-बहुत डांटा-फटकारा और पुत्र को बुलाकर समझाया-बुझाया। ददिया सास भी इस बीच में ज़रा मज़ाक़ उड़ा गई। इस तरह सात-पांच में बात हलकी पड़ गई। रात को अपर्णा ने पति से क्षमा की भिक्षा मांगी, कहा, "अगर मन में कष्ट पहुंचा हो तो मुझे क्षमा करो।" अमरनाथ बात नहीं कर सका। पलंग के एक

किनारे बैठकर बिछौने की चादर को बार-बार खींचकर उसे साफ़ करने लगा। सामने ही अपर्णा खड़ी थी, चेहरे पर उसके म्लान मुस्कुराहट थी, उसने फिर कहा, "क्षमा नहीं करोगे ?"

अमरनाथ ने सिर झुकाए हुए ही कहा, "क्षमा किसलिए ? और क्षमा करने का मुझे अधिकार ही क्या है ?"

अपर्णा ने पति के दोनों हाथ अपने हाथ में लेकर कहा, "ऐसी बात मत कहो। तुम मेरे स्वामी हो, तुम नाराज़ रहोगे तो मेरी कैसे गुज़र होगी ? तुम क्षमा न करोगे तो मैं खड़ी कहां हूंगी ? क्यों ग़ुस्सा हो गए हो, बताओ।"

अमरनाथ ने आर्द्र होकर कहा, "ग़ुस्सा तो नहीं हुआ।"

"नहीं हुए तो ?"

"नहीं।"

अपर्णा को कलह अच्छा नहीं लगता, इसलिए विश्वास न होते हुए भी उसने विश्वास कर लिया और कहा, "तो ठीक है।"

इसके बाद वह बिलकुल बेफ़िक्र होकर बिस्तर के एक तरफ़ सो रही।

परन्तु अमरनाथ को इससे भारी आश्चर्य हुआ। दूसरी तरफ़ मुंह फेरकर बराबर वह मन-ही-मन यही तर्क-वितर्क करने लगा कि इस बात पर उसकी स्त्री ने विश्वास कैसे कर लिया ? मैं जो दो दिन आया नहीं, मिला नहीं, फिर भी मैं ग़ुस्सा नहीं हुआ, यह क्या विश्वास करने की बात है ? इतनी बड़ी घटना इतनी जल्दी मिटकर व्यर्थ हो गई। इसके बाद जब उसने समझा कि अपर्णा सचमुच ही सो गई है, तब वह एकबारगी उठकर बैठ गया और बिना किसी दुविधा के ज़ोर से पुकार बैठा, "अपर्णा, तुम क्या सो रही हो ?... ओ अपर्णा !"

अपर्णा जाग गई, बोली, "बुला रहे हो ?"

"हां, मैं कलकत्ता जाऊंगा।"

"कहां, यह बात तो पहले नहीं सुनी ! इतनी जल्दी तुम्हारे कॉलेज की छुट्टी निबट गई ? और भी दो-चार दिन नहीं रह सकते ?"

"नहीं, अब रहना नहीं हो सकता।"

अपर्णा ने ज़रा कुछ सोचकर फिर पूछा, "तब क्या तुम मेरे ऊपर ग़ुस्सा होकर जा रहे हो?"

बात सच थी, अमरनाथ भी जानता है, पर वह इस बात को मंजूर न कर सका। संकोच ने जैसे उसकी धोती का छोर पकड़के उसे लौटा लिया।

आशंका हुई कि कहीं वह अपना निकम्मापन प्रमाणित करके अपर्णा के सम्मान की हानि न कर बैठे, इस तरह कुतूहल-विमुख नारी की निश्चेष्टता ने उसे अभिभूत कर डाला। पति होने का जितना तेज उसने अपने स्वाभाविक अधिकार से ग्रहण किया था, उस सबको अपर्णा ने इन चार-पांच महीनों में धीरे-धीरे खींचकर निकाल लिया है, अब वह क्रोध प्रकट करे, तो किस बिरते पर! अपर्णा ने फिर कहा, "नाराज़ होकर कहीं मत जाना। नहीं तो मेरे मन को बड़ी चोट पहुंचेगी।"

अमरनाथ झूठ और सच मिलाकर जितना बनाके कह सका, उसके मानी थी कि वह नाराज़ नहीं हुआ और उसके प्रमाण-स्वरूप वह और भी दो दिन रहकर जाएगा। रहा भी दो दिन, परन्तु रोकर विजयी होने की एक लज्जाजनक बेचैनी उसके मन में बनी ही रही।

एक साथ ज़ोर की वर्षा आ जाने में एक भलाई है, उससे आकाश निर्मल हो जाता है, परन्तु बूंदाबांदी से बादल तो साफ़ होते ही नहीं, उल्टे पैरों तले कीचड़ और चारों तरफ़ निरानन्दमय भाव बढ़ जाता है। अपने घर से जो कीचड़ लपेटकर अमरनाथ कलकत्ता आया, धो डालने के लिए इतनी विराट् नगरी में उसे ज़रा-सा पानी तक न मिला। यहां उसके पूर्व परिचित जितने भी सुख थे, उनके सामने अपने कीचड़ से सने पैर निकालने में भी उसे शर्म मालूम होने लगी। न तो पढ़ने-लिखने में उसका मन लगता और न हंसने-खेलने में ही तबीयत जमती। यहां रहने की भी इच्छा नहीं होती और घर जाने को भी तबीयत नहीं करती। उसकी छाती पर मानो दुस्सह यातना का भार-सा लदा हुआ है—और उसे ढकेल फेंकने

के लिए व्याकुल हृदय की पसलियां आपस में टकरा रही हैं, परन्तु सारी चेष्टाएं व्यर्थ।

इसी तरह अन्तर्वेदना को लिए हुए एक दिन वह बीमार पड़ गया। समाचार पाकर माता-पिता दौड़े आए, किन्तु अपर्णा को साथ नहीं लाए। यह बात नहीं थी कि अमरनाथ ने भी ठीक ऐसी ही आशा की हो फिर भी उसका दिल बैठ गया। बीमारी उत्तरोत्तर बढ़ने ही लगी। ऐसे समय में स्वभावतः ही उसे अपर्णा को देखने की इच्छा होती, पर मुंह खोलकर उस बात को वह कह नहीं सका। पिता-माता भी समझ न सके। सिर्फ़ दवा, परहेज़ और डाक्टर-वैद्य। अन्त में उसने इन सबके हाथ से मुक्ति प्राप्त की, एक दिन उसका देहान्त हो गया।

विधवा होकर अपर्णा सुन्न हो गई। सारे शरीर में अजीब-सा रोमांच हो आया और एक भयंकर सोच उसके मन में उदित हुई कि यह शायद उसी की कामना का फल है! शायद वह इतने दिनों से मन-ही-मन यही चाहती थी, अन्तर्यामी ने इतने दिनों बाद उसकी कामना पूरी की है। बाहर सुनाई दिया, उसके पिता ज़ोर-ज़ोर से रो रहे हैं। यह क्या स्वप्न है? वे कब आए? अपर्णा ने जंगला खोला और झांककर देखा सचमुच ही राजनारायण बाबू बच्चों की तरह धूल में लोटकर रो रहे हैं। पिता की देखादेखी वह अब घर के भीतर लोट पड़ी और आंसुओं से ज़मीन भिगोने लगी।

शाम होने में अब देर नहीं। पिता ने आकर अपर्णा को छाती से लगाते हुए कहा, "बिटिया! अपर्णा!"

अपर्णा ने रोते-रोते कहा, "बाबू जी!"

"तेरे मदनमोहन ने तुझे बुलाया है, बिटिया!"

"चलो बाबूजी, वहीं चलें।"

"तेरा वहां सब काम पड़ा हुआ है, बिटिया।"

"चलो बाबू जी, घर चलें।"

"चलो बिटिया, चलो।" कहते हुए पिता ने स्नेह से बिटिया का माथा चूमा, साथ ही सारा दुख छाती से पोंछकर मिटा दिया और फिर लड़की

का हाथ पकड़कर दूसरे दिन उसे अपने घर ले आए। उंगली से दिखाते हुए बोले, "वह रहा बिटिया, तेरा मन्दिर!... वे हैं तेरे मदनमोहन!"

बिना आभूषणों के अपर्णा विधवा के वेश में कुछ और तरह की दिखाई देती है, मानो सफ़ेद वस्त्र और रूखे बालों से वह और भी अच्छी लगने लगी है। उसने पिता की बात पर बहुत ज़्यादा विश्वास किया। सोचने लगी, देवता के आह्वान से ही वह लौट आई है। भगवान् के मुंह पर मानो इसीलिए हंसी है, मन्दिर में मानो इसीलिए सौ गुना सौरभ है। उसे मालूम होने लगा, मानो वह इस पृथ्वी से बहुत ऊंची पहुंच गई है।

जो स्वामी अपने मरण से पृथ्वी से इतना ऊंचा रख गए हैं, उन मृत स्वामी को सौ बार प्रणाम करके अपर्णा ने उनके लिए अक्षय स्वर्ग की कामना की।

शक्तिनाथ एकाग्र मन से प्रतिमा बना रहा था। पूजा करने की अपेक्षा प्रतिमा बनाना उसे अधिक पसन्द है। कैसा रूप, कैसी नाक, कैसे कान और कैसी आंखें होनी चाहिए, कौन-सा रंग ज़्यादा खिलेगा, यही उसके आलोच्य विषय थे। किस चीज़ से पूजा करनी चाहिए और किस मन्त्र का जाप करना चाहिए, इन सब छोटे विषयों की ओर उसका लक्ष्य नहीं था। देवताओं के सम्बन्ध में वह अपने-आप को प्रमोशन देकर सेवक के स्थान से पिता के स्थान पर चढ़ गया था, फिर भी पिता ने उसे आदेश दिया, "शक्तिनाथ, आज मुझे बुख़ार ज़्यादा है, जमींदार के घर तुम्हीं जाकर पूजा कर आओ।"

शक्तिनाथ ने कहा, "अभी प्रतिमा बना रहा हूं।"

वृद्ध असमर्थ पिता ने ग़ुस्से में आकर कहा, "लड़कों का खेल अभी रहने दो बेटा, पहले काम निबटा आओ।"

पूजा के मन्त्र पढ़ने में उसकी ज़रा भी तबीयत नहीं लगती, फिर भी उठकर जाना पड़ा। पिता की आज्ञा से स्नान करके चादर और अंगोछा कन्धे पर डालकर वह देव-मन्दिर में आ खड़ा हुआ। इससे पहले भी वह

कई बार इस मन्दिर में पूजा करने आया है, परन्तु ऐसी अनोखी बात उसने कभी नहीं देखी। इतनी पुष्प-सुगन्धि, इतनी धूप-सुगन्धि का आडम्बर, भोज्य और नैवेद्य की इतनी बहुलता। उसे बड़ी चिन्ता हुई, इतना सब लेकर वह करेगा क्या? किस तरह किस-किसकी पूजा करेगा? सबसे ज़्यादा आश्चर्य हुआ उसे अपर्णा को देखकर! यह कौन, कहां से आई है? इतने दिनों तक कहां थी?

अपर्णा ने कहा, "तुम भट्टचार्य जी के लड़के हो?"

शक्तिनाथ ने कहा, "हां।"

"तो पांव धोकर पूजा करने बेठो।"

पूजा करने बैठा तो शक्तिनाथ शुरू से ही सबकुछ भूल गया, एक मन्त्र उसे याद नहीं रहा। उधर उसका मन भी नहीं, विश्वास भी नहीं। सिर्फ़ यही सोचने लगा, यह कौन है, क्यों इतना रूप है, किसलिए बैठी है इत्यादि। पूजा की पद्धति में उलट-फेर होने लगा। विज्ञ परीक्षक की भांति पीछे बैठी हुई अपर्णा सब समझ गई कि घंटा बजाकर, कभी पुष्प डालकर, कभी नैवेद्य पर जल छिड़ककर यह अज्ञानी पुरोहित सिर्फ़ पूजा का ढोंग कर रहा है। हमेशा से देखते-देखते इन सब बातों को अपर्णा अच्छी तरह समझती थी, शक्तिनाथ भला उसे कैसे धोखा दे सकता था? पूजा समाप्त होने पर कठोर स्वर में अपर्णा ने कहा, "तुम ब्राह्मण के पुत्र हो, पूजा करना नहीं जानते?"

शक्तिनाथ ने कहा, "जानता हूं।"

"ख़ाक जानते हो!"

शक्तिनाथ ने बेचारगी के साथ उसके मुंह की तरफ़ देखा, फिर वह चलने को तैयार हो गया। अपर्णा ने उसे रोका, कहा, "महाराज, यह सब सामग्री बांध ले जाओ, पर कल फिर मत आना। तुम्हारे पिता अच्छे हो जाएं, तब वे ही आएंगे।"

अपर्णा ने स्वयं उसकी चादर और अंगोछे में सब बांधकर उसे विदा कर दिया। मन्दिर के बाहर आकर शक्तिनाथ बार-बार कांप उठा।

इधर अपर्णा ने फिर से नये सिरे से पूजा का आयोजन करके दूसरे ब्राह्मण को बुलाकर पूजा सम्पन्न कराई।

एक मास बीत गया। आचार्य यदुनाथ जमींदार राजनारायण बाबू को समझाकर कह रहे हैं, "आप तो सबकुछ समझते हैं, बड़े मन्दिर की यह वृहत् पूजा मधु भट्टचार्य के लड़के से हरगिज़ नहीं हो सकती।" राजनारायण बाबू ने अनुमोदन करते हुए कहा, "बहुत दिन हुए, अपर्णा ने भी ठीक यही बात कही थी।"

आचार्य ने अपने मुखमंडल को और गम्भीर बनाकर कहा, "सो तो कहा होगा ही। वे ठहरीं साक्षात् लक्ष्मीस्वरूपा! उनसे कुछ अगोचर थोड़े ही है।"

जमींदार बाबू का भी ठीक ऐसा ही विश्वास है। आचार्य कहने लगे, "पूजा चाहे मैं करूं, या और कोई भी करे, अच्छा आदमी होना चाहिए। मधु भट्टाचार्य जब तक जीवित थे, तब तक उन्होंने पूजा की है, अब उनके पुत्र को ही पुरोहिताई करना उचित है, परन्तु वह तो आदमी नहीं। वह तो सिर्फ़ पट रंगना जानता है, खिलौने बना सकता है, पूजा-पाठ करना नहीं जानता।"

राजनारायण बाबू ने अनुमति दे दी, "पूजा आप करें, पर अपर्णा को एक बार पूछ देखूं।"

पिता के मुंह से यह बात सुनकर अपर्णा ने सिर हिलाया, बोली, "ऐसा भी कहीं होता है? ब्राह्मण का लड़का निराश्रय ठहरा, उसे कहां विदा कर दिया जाए? जैसे जानता है, वैसे ही पूजा करेगा। भगवान् उसी से सन्तुष्ट होंगे।"

पुत्री की बात सुनकर पिता सचेत हुए। बोले, "मैंने इतना सोच-समझकर नहीं देखा था। बेटी, तुम्हारा मन्दिर है, तुम्हारी ही पूजा है, तुम्हारी जैसी इच्छा हो, वैसा करो। जिसे चाहो, उसी को सौंप दो।"

इतना कहकर पिता चले आए। अपर्णा ने शक्तिनाथ को बुलवाकर

उसी को पूजा का भार सौंपा। फटकार खाने के बाद फिर वह इधर नहीं आया था। इस बीच में उसके पिता की मृत्यु हो गई और अब वह स्वयं रुग्ण है। उसके सूखे चेहरे पर दुख के चिह्न देखकर अपर्णा को दया आ गई, बोली, "तुम पूजा करना, जैसी जानते हो, वैसी ही करना। उसी से भगवान् तृप्त होंगे।"

ऐसा स्नेह का स्वर सुनकर उसको साहस आ गया। सावधान होकर मन लगाकर वह पूजा करने बैठा। पूजा समाप्त होने पर अपर्णा ने अपने हाथ से वह जितना खा सकता था, उतना बांधकर कहा, "बहुत अच्छी पूजा की है। महाराज, तुम क्या अपने हाथ से रांधकर खाते हो?"

"किसी दिन बना लेता हूं, किसी दिन... जिस दिन बुख़ार आ जाता है, उस दिन नहीं बना सकता।"

"तुम्हारे क्या और कोई नहीं है?"

"नहीं।"

शक्तिनाथ के चले जाने पर अपर्णा ने उसके लिए कहा, "बेचारा!"

इसके बाद देवता के समक्ष हाथ जोड़कर उसकी तरफ़ से प्रार्थना की, "भगवान्, इसकी पूजा से सन्तुष्ट होना। अभी लड़का ही है, इसका दोष अपराध की तरह न लेना।"

उसी दिन से रोज़ अपर्णा दासी के जरिये ख़बर लेती रहती, वह क्या खाता है, क्या करता है, उसे किस चीज़ की ज़रूरत है। उस निराश्रय ब्राह्मण पुत्र को उसने अज्ञात रूप से आश्रय देकर उसका सारा भार स्वेच्छा से अपने ऊपर ले लिया और उसी दिन से इन दोनों किशोर और किशोरी ने अपनी भक्ति, स्नेह और भूल-सबको एक करके, इस मन्दिर का आश्रय लेकर जीवन के बाक़ी कामों को अपने से अलग, पराया कर डाला। शक्तिनाथ पूजा करता है, अपर्णा बता दिया करती है। शक्तिनाथ स्तव पढ़ता है, अपर्णा मन-ही-मन उसका सहज अर्थ देवता को समझा दिया करती है। शक्तिनाथ सुगन्ध-पुष्प हाथ से उठाता है, अपर्णा अंजुली से दिखा-दिखाकर बताती जाती है, "महाराज, आज इस तरह सिंहासन

सजाओ तो देखें, बहुत अच्छा लगेगा।" इसी तरह इस वृहत् मन्दिर का वृहत् कार्य चलने लगा। देख-सुनकर आचार्य ने कहा, "बच्चों का-सा खिलवाड़ हो रहा है!"

वृद्ध राजनारायण ने कहा, "किसी भी तरह हो, लड़की अपनी हालत को भूली रहे तो अच्छा"

थियेटर के स्टेज पर जैसे पहाड़-आंधी-मेह एक क्षण में ग़ायब होकर वहां एक विशाल राजप्रासाद कहीं से आ जुटता है और लोगों की सुख-सम्पदा के बीच दुख-दैन्य का चिह्न तक विलुप्त हो जाता है, शक्तिनाथ के जीवन में भी मानो वैसा ही हुआ है। पहले तो उसे मालूम ही नहीं हुआ कि वह जाग रहा था और अब सोकर सुख-स्वप्न देख रहा है, या निद्रा में दुःस्वप्न देख उठा था और अब सहसा जाग उठा है। फिर भी, उसके पहले के वे विक्षिप्त खिलौने बीच-बीच में उसे इस बात की याद दिलाया करते हैं कि इस दायित्वहीन देव-सेवा की सोने की सांकल ने उसके सम्पूर्ण शरीर को जकड़कर बांध लिया है और रह-रहकर वह झनझना उठती है। वह अपने मृत पिता की याद किया करता और अपनी स्वाधीनता की बात सोचा करता। मालूम होता, मानो वह बिक गया है, अपर्णा ने उसे ख़रीद लिया है। इस तरह अपर्णा के स्नेह ने क्रमशः मोह की भांति धीरे-धीरे उसे छा डाला।

अकस्मात् एक दिन शक्तिनाथ का ममेरा भाई वहां आ पहुंचा। उसकी बहन का विवाह था। मामा कलकत्ता रहते हैं। अभी समय अच्छा है, लिहाज़ा सुख के दिनों में भानजे की याद आई है। जाना होगा। यह बात शक्तिनाथ को बहुत अच्छी लगी कि कलकत्ता जाना होगा। सारी रात वह भइया के पास बैठा-बैठा कलकत्ता के आराम की कहानी, सुन्दरता की बातें, समृद्धि का वर्णन सुनता रहा और सुनते-सुनते मुग्ध हो गया। दूसरे दिन मन्दिर जाने की उसकी इच्छा नहीं हुई। सबेरा होते देख अपर्णा ने उसे बुलाया। शक्तिनाथ ने जाकर कहा, "आज कलकत्ता

जाऊंगा। मामा ने बुलाया है।"

इतना कहकर वह ज़रा सिकुड़कर खड़ा हो गया। अपर्णा कुछ देर तक चुप रही, फिर बोली, "कब वापस आ जाओगे?"

शक्तिनाथ ने डरते हुए कहा, "मामा कह देंगे, तभी चला आऊंगा।"

अपर्णा ने आगे कुछ नहीं पूछा, फिर वही यदुनाथ आचार्य आकर पूजा करने लगे और उसी तरह अपर्णा पूजा देखने लगी, परन्तु कोई बात कहने की उसे ज़रूरत नहीं हुई, इच्छा भी नहीं थी।

कलकत्ता जाकर तरह-तरह की विचित्रताओं में आनन्द से दिन बीतने पर भी कुछ दिन बाद शक्तिनाथ का मन घर जाने के लिए फड़फड़ाने लगा। लम्बे और आलसी दिन अब उससे बिताए नहीं बीतते। रात को वह स्वप्न देखने लगा, अपर्णा उसे बुला रही है और जवाब न पाकर ग़ुस्सा हो रही है। आख़िर एक दिन उसने अपने मामा से कहा, "मैं घर जाऊंगा।"

मामा ने मना किया, "वहां जंगल में जाकर क्या करोगे? यहीं रहकर पढ़ो-लिखो। मैं तुम्हारी नौकरी लगवा दूंगा।"

शक्तिनाथ सिर हिलाकर चुप हो गया। मामा ने कहा, "तो जाओ।"

बड़ी बहू ने शक्तिनाथ को बुलाकर कहा, "लाला जी, कल क्या घर चले जाओगे?"

शक्तिनाथ ने कहा, "हां जाऊंगा।"

"अपर्णा के लिए मन फड़फड़ा रहा है न?"

शक्तिनाथ ने कहा, "हां।"

"वह तुम्हारी खूब ख़ातिर करती है न?"

शक्तिनाथ ने सिर झुकाते हुए कहा, "खूब ख़ातिर करती है।"

बड़ी बहू भीतर-ही-भीतर मुस्कुराई, अपर्णा की बातें उसने पहले ही सुन ली थीं। और ख़ुद शक्तिनाथ ने ही कही थीं। बोलीं "तो लाला जी, वे दो चीज़ें लेते जाओ, उसे दे देना। वह और भी प्यार करेगी।" इतना कहकर उसने एक शीशी का डाट खोलकर थोड़ा-सा 'दिलख़ुश' सेंट उसकी देह पर छिड़क दिया। उसकी सुगन्ध से शक्तिनाथ पुलकित हो

उठा और दोनों शीशियों को चादर के छोर में बांधकर दूसरे ही दिन घर लौट आया।

शक्तिनाथ ने मन्दिर में प्रवेश किया। पूजा समाप्त हो चुकी थी। चादर में इत्र की शीशियां बंधी हैं, पर इन कई दिनों में अपर्णा उसके पास से इतनी ज़्यादा दूर हट गई है कि देने की हिम्मत नहीं होती। वह मुंह खोलकर किसी तरह कह ही न सका कि तुम्हारे लिए बड़ी साध से कलकत्ते से लाया हूं। सुगन्ध से तुम्हारे देवता तृप्त होते हैं, तुम भी होगी। ख़ैर, सात दिन इसी तरह बीत गए, रोज़ वह चादर में शीशियां बांधकर ले जाता, रोज़ वापस आता और फिर उन्हें जतन से दूसरे दिन के लिए उठाकर रख देता। पहले की तरह एक दिन भी अगर अपर्णा उसे बुलाकर कोई बात पूछती, तो शायद वह अपना उपहार उसे दे डालता, परन्तु वैसा मौका फिर आया नहीं।

आज दो दिन से उसे ज्वर आ रहा है, फिर भी डरते-डरते वह पूजा करने आ जाता है। किसी अज्ञात आशंका से वह अपनी पीड़ा की बात भी न कह सका, परन्तु अपर्णा ने पता लगा लिया कि दो दिन से शक्तिनाथ ने कुछ खाया नहीं है, फिर भी पूजा करने आता है। अपर्णा ने पूछा, "महाराज, तुमने दो दिन कुछ खाया नहीं?"

शक्तिनाथ ने सूखे मुंह से कहा, "रात को रोज़ बुख़ार आ जाता है।"

"बुख़ार आता है? तो फिर नहा-धोकर पूजा करने क्यों आते हो? तुमने कहा क्यों नहीं?"

शक्तिनाथ की आंखों में पानी भर आया। क्षण-भर में वह सब बात भूल गया और चादर की गांठ खोलकर दोनों शीशियां निकालकर बोला, "तुम्हारे लिए लाया हूं।"

"मेरे लिए?"

"हां, तुम सुगन्ध पसन्द करती हो न?"

गर्म दूध जैसे ज़रा-सी आग की गर्मी पाते ही बुलबुले देकर खौलने लगता है, अपर्णा के सारे शरीर का खून उसी तरह खौल उठा। शीशियां

देखकर ही वह पहचान गई थी। उसने गम्भीर स्वर में कहा, "दो..." और हाथ में लेकर मन्दिर के बाहर, जहां पूजा के चढ़े हुए फूल पड़े सूख रहे थे, दोनों शीशियां फेंक दीं। मारे आतंक के शक्तिनाथ की छाती का खून जम गया। कठोर स्वर में अपर्णा ने कहा, "महाराज, तुम्हारे भीतर-ही-भीतर इतना कुछ भरा है! अब तुम मेरे सामने मत आना। मन्दिर की छाया भी ने मंझाना।" इसके बाद अपर्णा ने अपनी चम्पक अंगुली से बाहर का रास्ता दिखाकर कहा, "जाओ..."

आज तीन दिन हुए शक्तिनाथ को गए। यदुनाथ आचार्य फिर पूजा करने लगे, फिर म्लान मुख से अपर्णा पूजा देखने लगी। यह मानो और किसी की पूजा हो और कोई आकर समाप्त कर रहा है! समाप्त करके अंगोछे में नैवेद्य बांधते-बांधते आचार्य महाशय ने गहरी सांस लेकर कहा, "लड़का बिना इलाज के मर गया।"

आचार्य के मुंह की तरफ़ देखकर अपर्णा ने पूछा, "कौन मर गया?"

"तुमने सुना नहीं क्या? कई दिन से ज्वर में पड़े-पड़े वही अपने मधु भट्टचार्य का लड़का आज सबेरे मर गया।"

अपर्णा फिर भी उनके मुंह की तरफ़ देखती रही। आचार्य ने द्वार के बाहर आकर कहा, "आजकल पाप के फल से मृत्यु हो रही है। देवता के साथ क्या दिल्लगी चल सकती है, बेटी?"

आचार्य चले गए। अपर्णा द्वार बन्द करके ज़मीन पर माथा पटक-पटककर रोने लगी और हज़ार बार रो-रोकर पूछने लगी, "भगवान् यह किसके पाप से?"

बहुत देर बाद वह उठकर बैठ गई और आंखें पोंछकर उन सूखे फूलों के भीतर से उस स्नेह के दान को उठाकर उसने सिर से लगा लिया, फिंर मन्दिर के भीतर प्रवेश करके देवता के चरणों के पास रखकर वह रोती हुई बोली, "भगवान्, मैं जिसे नहीं ले सकी, उसे तुम ले लो। अपने हाथों से मैंने कभी पूजा नहीं की, आज कर रही हूं। तुम स्वीकार करो, तृप्त होओ, मेरी और कोई कामना नहीं है।"

बाल्य-स्मृति

नामकरण-संस्कार के समय, या तो मैं ठीक तौर से तैयार नहीं हो पाया था या फिर बाबा का ज्योतिष-शास्त्र में विशेष दख़ल न था, किसी भी कारण से हो, मेरा नाम 'सुकुमार'' रखा गया। बहुत दिन न लगे, दो ही चार साल में बाबा समझ गए कि नाम के साथ मेरा कोई मेल नहीं मिलता। अब मैं बारह-तेरह वर्ष बाद की बात कहता हूं। हालांकि मेरे आत्म-परिचय की सब बातें कोई अच्छी तरह समझ नहीं सके, फिर भी...

सुनिए, हम लोग गंवई-गांव के रहनेवाले हैं। बचपन से मैं वहीं रहता आया हूं। पिता जी पछांह में नौकरी करते थे। मेरा वहां बहुत कम जाना होता था, नहीं के बराबर। मैं दादी के पास गांव ही में रहा करता। घर में मेरे ऊधम की कोई हद न थी। एक वाक्य में कहा जाए, तो यूं कहना चाहिए कि मैं एक छोटा-सा रावण था। बूढ़े बाबा जब कहते, 'तू कैसा हो गया है? किसी की बात ही नहीं मानता। अब मैं तेरे बाप को चिट्ठी लिखता हूं।' तो मैं ज़रा हंसकर कहता, 'बाबा, वे दिन अब लद गए, बाप की तो चलाई क्या, अब मैं बाप के बाप से भी नहीं डरता।' और कहीं दादी मौजूद रहतीं, तो फिर डरने ही क्यों लगा? बाबा को ही वे कहतीं, क्यों, कैसा जवाब मिला? और छेड़ोगे उसे?'

बाबा अगर नाराज़ होकर बाबू जी को चिट्ठी भी लिखते, तो उसी वक़्त उनकी अफीम की डिबिया दुबका देता, फिर जब तक उनसे चिट्ठी फड़वाकर फिंकवा न देता, तब तक अफीम की डिबिया न निकालता। इन

सब औठ-पांवों के डर से, ख़ासकर नशे की तलब में ख़लल पड़ जाने से, फिर वे मुझसे कुछ नहीं कहते। मैं भी मौज करता।

पर सभी सुखों की आख़िर एक सीमा है। मेरे लिए भी वही हुआ। बाबा के चचेरे भाई गोविन्द बाबू इलाहाबाद में नौकरी करते और वहीं रहते थे। अब वे पेंशन लेकर गांव में आकर रहने लगे। उनके नाती श्रीमान् रजनीकान्त भी बी.ए. पास करके उनके साथ आए। मैं उन्हें 'संझले भइया' कहता। पहले मुझसे उनका विशेष परिचय नहीं था। वे इस तरह बहुत कम आते थे। और उनका मकान भी अलग था। कभी आते भी, तो मेरी ओर ज़्यादा ध्यान नहीं देते। कभी सामना हो जाता, तो, 'क्यों रे, क्या करता है, क्या पढ़ता है' के सिवा और कुछ नहीं कहते।

अबकी बार जो वे आए, तो गांव में जमकर बैठे और मेरी ओर ज़्यादा ध्यान देने लगे। दो-चार दिन की बातचीत से ही उन्होंने मुझे ऐसा बस में कर लिया कि उन्हें देखते ही मुझे डर-सा हो जाता, मुंह सूख जाता, छाती धड़कने लगती, जैसे मैंने कोई भारी क़सूर किया हो और उसकी न जाने कितनी सज़ा मिलेगी!... और इसमें तो कोई शक ही न था कि उन दिनों मुझसे अकसर क़सूर हुआ करता। हर वक़्त कुछ-न-कुछ शरारत मुझसे होती ही रहती। दो-चार करने के काम और दो-चार औठ-पांव किए बिना मुझे चैन कहां?

इतना डरने पर भी भइया को मैं चाहता खूब था। भाई-भाई को इतना मान सकता है, यह मुझे पहले मालूम नहीं था। वे भी मुझे खूब प्यार करते थे। उनके निकट भी मैं कितनी ही शरारतें, कितने ही क़ुसूर करता था, किन्तु वह कुछ कहते नहीं थे और कुछ कहते भी, तो मैं समझता कि बड़े भइया ठहरे, थोड़ी देर बाद भूल जाएंगे, उन्हें याद थोड़े ही रहता है।

अगर वह चाहते, तो शायद मुझे सुधार सकते, पर उन्होंने कुछ भी नहीं किया। उनके देश आ जाने से मैं पहले की तरह स्वाधीन तो न रहा, पर फिर भी जैसा हूं, मज़े में हूं।

रोज़ बाबा की तमाखू चुराकर पी जाता। बूढ़े बाबा बेचारे कभी खाट के सिरहाने, कभी तकिये की खोली के भीतर, कभी कहीं, कभी कहीं, तमाखू छिपा रखते, पर बन्दा ढूंढ़-ढांढ़कर निकाल ही लेता और पी जाता। खाता-पीता मस्त रहता, मौज से कटती। कोई झंझट नहीं, पढ़ना-लिखना तो एक तरह से छोड़ ही दिया समझो। बाग़ में जाकर चिड़ियां मारता, गिलहरियां मारकर भूनकर खाता, जंगल में जाकर गड्ढों-गड्ढों में खरगोश ढूंढ़ता फिरता, यही मेरा काम था। न किसी का कोई डर, न कोई फ़िकर।

पिता जी बक्सर में नौकरी करते। वहां से न मुझे वे देखने आते और न मारने आते। बाबा और दादी का हाल मैं पहले ही कह चुका हूं। लिहाज़ा एक वाक्य में यूं कहना चाहिए कि 'मैं मज़े में था।'

एक दिन दोपहर को घर आकर दादी के मुंह से सुना कि मुझे संझले भइया के साथ कलकत्ता में रहकर पढ़ना-लिखना पड़ेगा। आराम से भर पेट खा-पीकर हुक्का भरकर मैं बाबा के पास पहुंचा और बोला, "बाबा, मुझे कलकत्ता जाना पड़ेगा?"

बाबा ने कहा, "हां।"

मैंने पहले ही सोच रखा था कि यह सब बाबा की चालाकी है। इसलिए कहा, "यदि जाऊंगा तो आज ही जाऊंगा।"

बाबा ने हंसते हुए कहा, "इसके लिए चिन्ता क्यों करते हो, बेटा? रजनी आज ही कलकत्ता जाएगा। मकान ठीक हो गया है, सो आज ही तो जाना होगा।"

मैं आग-बबूला हो उठा। एक तो उस दिन बाबा की छिपाई हुई तमाखू ढूंढ़ने पर भी नहीं मिली, जो एक चिलम मिली थी वह मेरी एक फूंक के लिए भी नहीं थी, उस पर यह चालाकी! परन्तु मैं ठगा गया था। अपने-आप क़बूल करके, फिर पीछे कैसे हटूं? लिहाज़ा उसी दिन मुझे कलकत्ता के लिए रवाना होना पड़ा। चलते वक़्त बाबा के पैर छुए और मैं मन-ही-मन बोला–भगवान् करें, कल ही तुम्हारे कारज में घर लौट आऊं। उसके बाद फिर मुझे कौन कलकत्ता भेजता है, देख लूंगा।

कलकत्ते में मैं पहले-पहल ही आया। इतना बड़ा शहर मैंने पहले कभी नहीं देखा था। मैंने मन-ही-मन सोचा, अगर मैं गंगा की छाती पर तैरते हुए इस लकड़ी-लोहे के पुल पर ऐसी भीड़ में; या वहां जहां झुंड-के-झुंड मस्तूलवाले बड़े-बड़े जहाज़ खड़े हैं, खो गया तो फिर कभी घर पहुंच सकूंगा, इसकी कोई उम्मीद ही नहीं। कलकत्ता मुझे ज़रा भी अच्छा नहीं लगा। इतनी दहशत में भला कोई चीज़ अच्छी लग सकती है? आगे कभी लगेगी, इसका भी भरोसा नहीं कर सका।

कहां गया हमारा वह नदी का किनारा, वे बांसों के भिड़े, बेल के झाड़, मित्र परिवार के बगीचे के कोने का वह अमरूद, कुछ भी तो नहीं है! यहां तो सिर्फ़ बड़े-बड़े ऊंचे मकान, गाड़ी-घोड़े, आदमियों का भीड़-भड़क्का, लम्बी-चौड़ी सड़कें ही दिखाई देती हैं, मकान के पीछे ऐसा एक बाग़-बगीचा भी तो नहीं, जहां छिपकर एक चिलम तमाखू पी सकूं। मुझे रोना आ गया। आंसू पोंछकर मन-ही-मन कहने लगा, भगवान् ने जीवन दिया है, तो भोजन भी वे ही देंगे, जिसने दिया है तन को, वही देगा कफ़न को।'

कलकत्ता आया हूं, स्कूल में भरती किया गया हूं, अच्छी तरह पढ़ता-लिखता हूं, लिहाज़ा आजकल में 'अच्छा लड़का' हो गया हूं। गांव में जरूर मेरा नाम खूब उछला था। ख़ैर, उस बात को जाने दो।

भइया के आत्मीय मित्रों ने मिलकर एक 'मेस' बना लिया है, जिसमें हम चार आदमी रहते हैं–भइया, मैं, राम बाबू और जगन्नाथ बाबू। राम बाबू और जगन्नाथ बाबू संझले भइया के मित्र हैं। इसके सिवा एक नौकर और एक ब्राह्मण रसोइया भी है।

गदाधर रसोइया मुझसे तीन-चार वर्ष बड़ा था। ऐसा भला आदमी मैंने पहले कभी नहीं देखा। मोहल्ले के किसी भी लड़के से मेरी बातचीत नहीं हुई और न किसी से मेल-जोल ही हुआ। मगर गदाधर बिलकुल भिन्न प्रकृति का आदमी होने पर भी, मेरा अन्तरंग मित्र हो गया। मेरे साथ उसकी खूब घुटती, कितनी गप-शप उड़ती, इसका कोई ठिकाना

नहीं। वह मेदिनीपुर जिले के एक गांव का रहनेवाला था। वहां की बातें और उसका बाल्य-इतिहास आदि मुझे बड़ा अच्छा लगता था। उसके गांव की बातें मैंने इतनी बार सुनी हैं कि मुझे अगर उसके गांव में आंखों पर पट्टी बांधकर अकेला छोड़ दिया जाए, तो शायद मैं तमाम गांव में और उसके आसपास मज़े में घूम-फिर सकता हूं। इतवार को मैं उसके साथ क़िले के मैदान में घूमने जाया करता। शाम को रसोईघर में बैठकर 'कोट-पीस' खेला करता। रोटी खाने के बाद चौका उठ जाने पर उसके छोटे हुक्के से दोनों मिलकर तमाखू भी पी लिया करते। सभी काम हम दोनों मिलकर एक साथ करते। मोहल्ले-पड़ोस में और किसी से मेरी जान-पहचान नहीं हुई। मेरा तो साथी-संगी, यार-दोस्त, गांव का भोला, मुन्नी, लल्लू, जो कुछ है, सब वही है। उसके मुंह से मैंने कभी, 'छोटे मुंह बड़ी बात' नहीं सुनी। झूठ-मूठ ही सब उसका निरादर करते। इससे मेरा जी जलने लगता, पर, वह अपनी ज़बान से कभी किसी को जवाब न देता, जैसे वास्तव में वह दोषी ही हो।

सबको खिला-पिलाकर सबसे पीछे जब वह रसोईघर के एक कोने में छिपकर छोटी-सी पीतल की थाली में खाने बैठता, तो मैं हज़ार काम छोड़कर वहां पहुंच जाता। बेचारे की तक़दीर ही ऐसी थी कि पीछे से उसके लिए कुछ बचता न था और तो क्या, भात तक कम पड़ जाता और किसी के खाने के समय मैं कभी उपस्थित नहीं रहा, परन्तु ऐसा तो मैंने कभी नहीं देखा कि मुझे खाते वक़्त रोटी, दाल, भात, घी, तरकारी कम पड़ी हो। इससे मुझे बड़ा बुरा मालूम होता था।

छोटेपन में मैंने दादी के मुंह से सुना है, वे मेरे लिए कहा करती थीं, 'लड़का आधा पेट खा-खाकर सूख के कांटा हो गया है, कैसे बचेगा?' मगर मैं दादी-कथित 'भर-पेट' कभी नहीं खा सकता था। सूख जाऊं, चाहे कांटा हो जाऊं, मुझे 'आधा पेट' खाना ही अच्छा लगता था। अब कलकत्ता आने के बाद समझा कि उस आधे पेट और इस आधे पेट में कितना अन्तर है! इस बात का मुझे कभी अनुभव नहीं हुआ कि किसी

को भर पेट खाना न मिले, तो आंखों में आंसू आ जाते हैं! पहले मैंने न जाने कितनी बार बाबा की थाली में पानी डालकर उन्हें खाने नहीं दिया है, दादी के ऊपर कुत्ते के बच्चे को छोड़कर उन्हें नहाने-धोने के लिए बाध्य किया है, फिर उनका खाना नहीं हुआ, मगर उनके लिए मेरी आंखों में आंसू कभी नहीं आए। दादी, बाबा, अपने घर के लोग, मेरे पूज्य, जो मुझे खूब प्यार करते थे, उनके लिए मुझे कभी दुख नहीं हुआ, बल्कि, जान-बूझकर उन्हें अध-भूखा और बिलकुल भूखा रखकर मुझे परम सन्तोष हुआ है और इस गदाधर को देखो, न कुनबे का, न गोत का, इसके लिए मेरी आंखों में बिना बुलाए पानी आ जाता है।

कलकत्ता आकर मुझे यह हो क्या गया, मेरी कुछ समझ में नहीं आता। आख़िर आंखों में इतना पानी आता कहां से है, कुछ पता नहीं। मुझे किसी ने रोते कभी नहीं देखा। किसी बात पर ज़िद पकड़ जाने पर पाठशाला के पंडित जी ने मेरी पीठ पर साबुत-की-साबुत खजूर की छड़ियां तोड़ दी हैं, फिर भी वे मुझे कभी रुला नहीं सके। लड़के कहते, 'सुकुमार की देह पत्थर की है। मैं मन-ही-मन कहता, 'देह नहीं, बल्कि मन पत्थर का है। मैं नन्हें बच्चे की तरह रोने नहीं लगता।' दरअसल रोने में मुझे बड़ी शर्म मालूम होती थी, अब भी होती है, पर अब सम्हाले सम्हालता नहीं। छिपकर, जहां कोई देख न सके, रो लिया करता हूं। ज़रा रोकर चटपट आंखें पोंछ-पांछके सम्हल जाता हूं। जब स्कूल जाता हूं तो रास्ते में सैकड़ों भिखारी भीख मांगते नज़र आते हैं। किसी के हाथ नहीं हैं, किसी के पैर नहीं हैं, कोई अन्धा है, इस तरह न जाने कितने तरह के दुखी देखता हूं। मैं तो तिलक लगाकर खंजरी बजाकर जो 'जय राधे' कहकर भीख मांगते हैं, उन्हें ही जानता था, फिर ये सब भिखारी किस तरह के हैं, मैं भीतर-ही-भीतर बहुत ही दुखी होकर कहता, "भगवान्, इन्हें मेरे गांव में भेज दो।'

ख़ैर, अभागे भिखारियों की बात जाने दो, अब मैं अपनी बात कहता हूं। देखते-देखते आंखें इसकी आदी हो गईं, पर मैं 'विद्यासागर' न बन

सका। बीच-बीच में हमारे गांव की माता सरस्वती न जाने कहां से आकर मेरे सिर पर सवार हो जातीं, मैं नहीं कह सकता। उनकी आज्ञा से कभी-कभी मैं ऐसा सत्कर्म कर डालता था कि अब भी मुझे उन सरस्वती जी से नफ़रत हो जाया करती है। डेरे पर किसका कौन-सा अनिष्ट किया जा सकता है, रात-दिन मैं इसी फ़िकर में रहता। एक दिन की बात है; राम बाबू ने घंटे-भर मेहनत करके अपनी धोती चुनकर रखी, वे शाम को घूमने जाएंगे, तब पहनकर जाएंगे। मैंने मौक़ा पाकर, उसे खोलकर सीधा करके रख दिया। शाम को आकर धोती की हालत देखते ही बेचारे तकदीर ठोककर बैठ गए। मेरी ख़ुशी का क्या ठिकाना। फूला नहीं समाया। जगन्नाथ बाबू का ऑफ़िस जाने का समय हो गया है, जल्दी-जल्दी खा-पीकर किसी तरह ऑफ़िस तक पहुंचना चाहते हैं। मैंने ठीक मौक़े से उनकी अचकन के बटन काटकर फेंक दिए। स्कूल जाने से पहले ज़रा झांककर देख गया, बेचारे चिल्लाकर रोने की तैयारी कर रहे हैं, मैं ख़ुशी के मारे रास्ते-भर हंसता रहा। शाम को ऑफ़िस से लौटकर बोले, “मेरे बटन कम्बख़्त गदाधर ने चुराकर बेच डाले हैं, निकाल दो नालायक को।” जगन्नाथ बाबू के बटन हरण के मामले पर भइया और राम बाबू भी भीतर-ही भीतर खूब हंसने लगे। भइया ने कहा, “कितने तरह के चोर होते हैं, कोई ठीक है, पर बटन तोड़कर बेच खानेवाला चोर तो आज ही सुना!” जगन्नाथ बाबू भइया की इस चुटकी से और भी आग-बबूला हो गए। बोले, “नालायक ने सवेरे नहीं लिए, शाम को नहीं लिए, रात को नहीं लिए, ठीक ऑफ़िस जाते वक़्त... बदमाशी तो देखो? दुर्गति की हद कर दी।” उन्हें एक काला फटा कुर्ता पहनकर ऑफ़िस जाना पड़ा।

सब हंस पड़े, जगन्नाथ बाबू को भी हंसना पड़ा, पर मैं नहीं हंस सका। मुझे डर हो गया, कहीं गदाधर को सचमुच ही न निकाल दें। वह बेचारा बिलकुल बेवकूफ़ है, शायद कुछ कहेगा भी नहीं, चुपचाप सारा क़सूर अपने ऊपर ले लेगा, अब?

भइया शायद समझ गए कि किसने बटन लिए हैं। ग़रीब गदाधर पर

कोई जुल्म नहीं किया गया। पर, मैंने भी उस दिन से प्रतिज्ञा कर ली कि अब ऐसा काम कभी न करूंगा, जिससे मेरे बदले दूसरे पर कोई आफत आवे।

ऐसी प्रतिज्ञा मैंने पहले कभी नहीं की और कभी करता भी या नहीं... नहीं कह सकता। सिर्फ़ गदाधर के कारण ही मुझे अपने मार्ग से विचलित होना पड़ा। मुझे उसने मिट्टी कर दिया।

इस बात को कोई नहीं कह सकता कि किस तरह किसका चरित्र सुधर जाता है। पंडित जी, बाबा, और भी कितने ही महाशयों के लाख कोशिश करने पर भी जिस बात की प्रतिज्ञा मैंने कभी नहीं की और न शायद करता, एक गदाधर महाराज का चेहरा देखकर उस बात की प्रतिज्ञा कर बैठा। उसके बाद इतने दिन बीत गए, इस बीच में कभी मेरी प्रतिज्ञा भंग हुई या नहीं, मैं नहीं कह सकता। मगर इतना ज़रूर है कि मैंने कभी जान-बूझकर कोई प्रतिज्ञा-भंग नहीं की।

अब और एक आदमी की बात कहता हूं। वह था हम लोगों का नौकर रामा। रामा जाति का कायस्थ या ग्वाला ऐसा ही कुछ था। कहां का रहनेवाला था, सो भी मैं नहीं कह सकता। उस जैसा फुर्तीला और होशियार नौकर मेरे देखने में नहीं आया। अगर फिर कभी उससे भेंट हो गई, तो उसके गांव का पता ज़रूर पूछ लूंगा।

सभी कामों में रामा चरखे की तरह घूमता रहता। अभी देखा कि रामा कपड़े धो रहा है, तुरन्त देखता हूं कि भइया नहाने बैठे हैं, तो वह उनकी पीठ रगड़ रहा है। उसके बाद ही देखा, तो पान लगाने में व्यस्त है। इस तरह, वह हर वक़्त दौड़-धूप करता रहता। भइया का वह फ़ेवरिट, बड़े काम का, प्यारा नौकर था, पर मुझे वह देखे न सुहाता। उस नालायक के लिए अक्सर मुझे भइया से खरी-खोटी सुननी पड़ती। ख़ासकर गदाधर को वह अक्सर तंग किया करता। मैं उससे बहुत चिढ़ गया था, मगर इससे क्या होता, वह ठहरा भइया का 'फ़ेवरिट' ! राम बाबू भी उसे फूटी आंखों न देख सकते थे। वे उसे 'रूज' (रंगा स्यार) कहा

करते थे। उस समय इस शब्द की व्याख्या वे ख़ुद न कर सकते थे, मगर हम यह ख़ूब समझते थे कि रामा दरअसल 'रूज' है। उनके चिढ़ने के कारण थे। मुख्य कारण यह था कि रामा अपने को 'राम बाबू' कहा करता था। भइया भी कभी-कभी उसे 'राम बाबू' कहकर पुकारा करते थे, मगर राम बाबू को यह सब अच्छा न लगता था। ख़ैर, जाने दो इन व्यर्थ की बातों को।

एक दिन शाम को भइया एक नया लैम्प ख़रीद लाए। बहुत बढ़िया चीज़ थी। क़रीब पचास-साठ रुपये दाम होंगे। शाम को जब सब घूमने चले गए, तब मैंने गदाधर को बुलाकर उसे दिखाया। गदाधर ने ऐसी 'बत्ती' कभी नहीं देखी थी। वह बहुत ही ख़ुश हुआ और दो-एक बार उसने उसे इधर-उधर करके देखा-भाला। इसके बाद वह अपने काम से चला गया। पर मेरा कुतूहल शान्त नहीं हुआ। मैं उसकी चिमनी खोलकर देखना चाहता था कि कैसे खुलती है। देखूं कि उसके भीतर कैसी मशीन है। बहुत खोलकर हिलाया-डुलाया, इधर-उधर किया, घुमाने-फिराने की कोशिश की,... पर, खोल न सका, जांच-पड़ताल के बाद मैंने देखा कि नीचे एक स्क्रू है, लिहाज़ा मैंने घुमाया। घुमा ही रहा था कि चट से उसका नीचे का हिस्सा अलग हो गया और जल्दी में मैं उसे थाम न सका। नतीजा यह हुआ कि उसका शीशा टेबल से नीचे गिरकर चकनाचूर हो गया।

उस दिन बहुत रात बीते मैं लौटा, पर आकर देखा, वहां बड़ी हाय-तौबा मची हुई है। गदाधर को चारों तरफ़ से घेरकर सब लोग बैठे हैं। गदाधर से जिरह की जा रही है। भइया खूब बिगड़ रहे हैं।

गदाधर की आंखों से टपटप आंसू गिर रहे थे। वह कह रहा था, "बाबू जी, मैंने इसको ज़रा छुआ ज़रूर था, पर तोड़ा नहीं। सुकुमार बाबू ने मुझे दिखाया, मैंने सिर्फ़ देखा। उसके बाद ये घूमने चले गए। मैं भी रसोई बनाने चला गया।"

किसी ने उसकी बात पर विश्वास नहीं किया। प्रमाणित हो गया कि उसी ने चिमनी तोड़ी है। उसकी तनख़्वाह बाक़ी थी, उसमें से साढ़े तीन रुपया काटकर नई चिमनी मंगाई गई। शाम को जब बत्ती जलाई, तो सब बहुत ख़ुश हुए, सिर्फ़ मेरी दोनों आंखें जलने लगीं। हर वक़्त मन में वही ख़याल आने लगा, मानो मैंने उसकी मां के साढ़े तीन रुपये चुरा लिए।

तब मुझसे वहां रहा नहीं गया। रो-बिलखकर किसी तरह भइया को राजी करके मैं गांव पहुंच गया। सोचा था, दादी से रुपये लाकर चुपके से साढ़े तीन की जगह सात रुपये गदाधर को दूंगा। मेरे पास उस वक़्त रुपये बिलकुल न थे। सब रुपये भइया के पास थे। इसीलिए रुपयों के लिए मुझे देश आना पड़ा। सोचा था, कि एक दिन से अधिक नहीं ठहरूंगा। मगर हुआ कुछ और ही। यद्यपि बाबा के कारज में अब भी बहुत दिन बाक़ी थे, फिर भी, सात-आठ दिन वहां बीत ही गए।

सात-आठ दिन बाद फिर कलकत्ता पहुंचा। मकान में पैर रखते ही पुकारा, "गदा!" किसी ने जवाब नहीं दिया। फिर बुलाया, "गदाधर महाराज!" अबकी बार भी जवाब नदारद, फिर कहा, "गदा!"

रामा ने आकर कहा, "छोटे बाबू, अभी आ रहे हैं क्या?"

"हां-हां, अभी चला ही आ रहा हूं। महाराज कहां है?"

"महाराज तो नहीं है।"

"कहां गया है?"

"बाबू ने उसे निकाल दिया।"

"निकाल दिया?... क्यों?"

"चोरी की थी, इसलिए।"

पहले बात मेरी ठीक से समझ में नहीं आई, इसी से कुछ देर तक मैं रामा का मुंह देखता रहा। रामा मेरे मन का भाव ताड़ गया, ज़रा मुस्कुराकर बोला, "छोटे बाबू, आप ताज्जुब कर रहे हैं, मगर उसे आप लोग पहचानते न थे, इसी से इतना चाहते थे। वह छिपी हुई डाइन जैसा था, बाबू। उस भीगी बिल्ली को मैं ही अच्छी तरह जानता था।"

किस तरह वह छिपी डाइन था और क्यों मैं उस भीगी बिल्ली को नहीं पहचान सका, यह मेरी समझ में कुछ न आया। मैंने पूछा, "किसके रुपये चुराये थे उसने?"

"बड़े बाबू के।"

"कहां थे रुपये?"

"कोट की जेब में।"

"कितने रुपये थे?"

"चार रुपये।"

"देखा किसने था?"

"आंखों से तो किसी ने नहीं देखा, पर देखा ही समझिए।"

"क्यों?"

"इसमें पूछने की कौन-सी बात है? आप घर में थे नहीं, राम बाबू ने लिए नहीं, जगन्नाथ बाबू ले नहीं सकते, मैंने लिए नहीं, तो फिर गए कहां? लिए किसने?"

"अच्छा, तो तूने उसे पकड़ा?"

रामा ने हंसते हुए कहा, "और नहीं तो कौन पकड़ता!"

ठनठनिया का जूता आप आसानी से ख़रीद सकते हैं। ऐसा मज़बूत जूता शायद और कहीं नहीं बनता। उसी से मैंने उसकी खूब...

मैं रसोई में जाकर रो पड़ा। उसका वह छोटा-सा काला हुक्का एक कोने में पड़ा था। उस पर धूल जम गई थी। आज चार-पांच रोज़ से उसको किसी ने छुआ भी नहीं, किसी ने पानी तक नहीं बदला। दीवार पर एक जगह कोयले से लिखा हुआ है, 'सुकुमार बाबू, मैंने चोरी की है। अब मैं यहां से जाता हूं। अगर जिन्दा रहा, तो फिर कभी आऊंगा।'

मैं तब लड़का ही तो था। बिलकुल बच्चे की तरह उस हुक्के को छाती से लगाकर फूट-फूटकर रोने लगा। क्यों? इसकी वजह मुझे नहीं मालूम।

फिर मुझे उस मकान में अच्छा नहीं लगा। शाम को घूम-फिर-कर

एक बार रसोई में जाता और दूसरे रसोइया को खाना बनाते देख चुपचाप लौट आता। अपने कमरे में आकर किताब खोलकर पढ़ने बैठ जाता। कभी-कभी मुझे भइया भी देखे नहीं सुहाते। रोटी तक मुझे कड़ुवी मालूम होने लगती।

बहुत दिनों बाद एक रोज़ मैंने भइया से कहा, "बड़े भइया, क्या किया तुमने?"

"किसका क्या किया?"

"गदा ने तुम्हारे रुपये कभी नहीं चुराए। सभी जानते हैं, मैं गदाधर महाराज को बहुत चाहता था।"

भइया ने कहा, "हां, काम तो अच्छा नहीं हुआ, सुकुमार, पर अब तो जो होना था सो हो गया, लेकिन रामा को तूने इतना मारा क्यों था।?"

"अच्छे मारा था, क्या मुझे भी निकाल दोगे?"

भइया ने मेरे मुंह से कभी ऐसी बात नहीं सुनी। मैंने फिर पूछा, "तुम्हारे कितने रुपये वसूल हो गए?"

भइया बड़े दुखी हुए, बोले, "काम ठीक नहीं हुआ। तनख़्वाह के ढाई रुपये हुए थे, सो सब काट लिए। मेरी इतनी इच्छा नहीं थी।"

मैं जब-तब सड़कों पर घूमा करता। दूर पर अगर किसी को मैली चादर ओढ़े और फटी चट्टी चटकाते हुए जाते देखता, तो मैं फौरन दौड़ा-दौड़ा उसके पास पहुंच जाता, पर मेरे मन का अरमान पूरा न होता, मेरी आशा नित्य निराशा मे परिणत होने लगी। मैं अपने मन की बात किससे कहूं?

क़रीब पांच महीने बाद भइया के नाम एक मनीआर्डर आया–डेढ़ रुपये का। भइया को मैंने उसी रोज़ आंसू पोंछते देखा। उसका कूपन अभी तक मेरे पास मौजूद है।

कितने वर्ष बीत गए, कोई ठीक है! मगर आज भी गदाधर महाराज मेरे हृदय में आधी जगह घेरे बैठ हैं।

हरिलक्ष्मी

जिस बात को लेकर इस कहानी की उत्पत्ति हुई वह छोटी-सी है। फिर भी उस छोटी-सी बात से हरिलक्ष्मी के जीवन में जो कुछ हो गया, वह छोटा भी नहीं, तुच्छ भी नहीं। संसार में ऐसा ही हुआ करता है। बेलपुर के दो जमींदारी के साझीदार शान्त नदी-किनारे जहाज़ के पास, छोटी डोंगी की तरह, परस्पर एक-दूसरे के पास बिना झगड़े-झंझट के बंधे थे। अकस्मात् न मालूम कहां से एक तूफ़ान उठ खड़ा हुआ, जहाज़ का रस्सा कटा और लंगर टूटकर अलग हो गया, साथ ही एक क्षण में यह छोटी-सी डोंगी न जाने कैसे नेस्तनाबूद हो गई। कुछ पता ही ढूंढ़े न मिला।

बेलपुर का ताल्लुका कोई बड़ा नहीं। उठते-बैठते रैयतों को मार-पीटकर साल में बारह हज़ार से भी ज़्यादा वसूली नहीं होती, इसलिए साढ़े पन्द्रह आने के हिस्सेदार शिवचरण के सामने दो पैसे के हिस्सेदार विपिनबिहारी की तुलना अगर जहाज़ के साथ छोटी डोंगी से की है, तो इसमें शायद कोई अतिशयोक्ति न हुई होगी।

दूर का नाता होने पर भी हैं दोनों जाति-भाई और छह-सात पीढ़ी पहले दोनों एक ही मकान में रहते थे, किन्तु आज एक का तिमंज़िला मकान गांव के सिरे पर खड़ा है और दूसरे का जीर्ण मटियाला घर दिन-पर-दिन ज़मीन पर बिछ जाने की तरफ़ बढ़ता चला जा रहा है। फिर भी इसी तरह दिन कट रहे थे और बाक़ी के दिन भी विपिन के इसी तरह सुख-दुख में

चुपचाप कट सकते थे, परन्तु जिस बादल के टुकड़े से असमय में तूफ़ान उठ खड़ा हुआ और सब उलट-पुलट गया, वह इस प्रकार है :

साढ़े पन्द्रह आने के हिस्सेदार शिवचरण की पत्नी की सहसा मृत्यु हो जाने पर उनके मित्रों ने कहा, "चालीस-इकतालीस क्या कोई उमर-में-उमर है! तुम दूसरा ब्याह करो।" शत्रु-पक्ष के लोग सुनकर हंसने लगे। बोले, "चालीसी तो शिवचरण की चालीस वर्ष पहले ही पार हो चुकी है!" मतलब यह है कि दोनों में से कोई भी बात सच नहीं। असल बात यह थी कि बड़े बाबू का दिव्य गोरा हृष्ट-पुष्ट शरीर था, भरे हुए चेहरे पर लोभ का चिह्न-मात्र न था। यथासमय दाढ़ी-मूंछें न होने से कुछ सहूलियत तो हो सकती है, पर अड़चनें भी काफ़ी होती हैं! उमर का अन्दाज़ा लगाने के बारे में जो नीचे की तरफ़ नहीं जाना चाहते, ऊपर की ओर वे गिनती के किस कोठे में जाकर ठहरेंगे, इसकी उन्हें स्वयं ही कुछ थाह नहीं मिलती। ख़ैर, कुछ भी हो, धनवान् पुरुष का ब्याह किसी भी देश में उमर के पीछे नहीं रुकता, फिर बंगाल में तो रुकने ही क्यों लगा! क़रीब डेढ़ महीना तो शोक-ताप और 'नहीं-नहीं' करते-कराते बीत गया। उसके बाद शिवचरण हरिलक्ष्मी को ब्याहकर अपने घर ले आए।

कारण शत्रु-पक्ष के लोग चाहे कुछ भी क्यों न करते रहें, यह बात माननी ही पड़ेगी कि प्रजापति[1] सचमुच ही उन पर अत्यन्त प्रसन्न थे। उन लोगों ने गुपचुप बातचीत की, "यह बात नहीं कि वर की तुलना में नववधू की उमर बिलकुल ही असंगत हो, मगर हां, दो-एक बाल-बच्चे लेकर घर आती, तो फिर कहने-सुनने की कोई बात ही न रह जाती।" लेकिन इस बात को सभी ने स्वीकार किया कि वह सुन्दरी है। मतलब यह है कि साधारणतः बड़ी उम्र की लड़कियों से भी लक्ष्मी की उम्र कुछ ज़्यादा हो गई थी, शायद उन्नीस से कम न होगी। उसके पिता आधुनिक विचार के सुधारक आदमी हैं, उन्होंने बड़े जतन से लड़की को ज़्यादा उम्र

1. विवाह के देवता।

तक शिक्षा देकर मैट्रिक पास कराया था। उनकी इच्छा तो कुछ और ही थी, सिर्फ़ व्यापार फेल हो जाने और आकस्मिक दरिद्रता आ जाने के कारण ही उन्हें ऐसे सुपात्र को कन्या अर्पण करने के लिए लाचार होना पड़ा था।

लक्ष्मी शहर की लड़की ठहरी। पति को उसने दो ही चार दिन में पहचान लिया। उसके लिए मुश्किल यह हुई कि आत्मीय-स्वजन-मिश्रित अनेक परिजनों से घिरे हुए इस बड़े घर में वह जी खोलकर किसी से हिल-मिल न सकी। उधर शिवचरण के प्रेम का तो कोई अन्त ही न था। सिर्फ अधेड़ की तरुण-पत्नी होने के कारण ही नहीं, उसे तो मानो एकबारगी ही अमूल्य निधि मिल गई। घर के लोग, नौकर-चाकर और औरतें, कुछ न तय कर सके कि कैसे उनकी मिजाजपुरसी करें। पर एक बात वह अक्सर सुना करती थी, अब मंझली बहू के मुंह पर कालिख लग गई। रूप में, गुण में, विद्या-बुद्धि में, हर एक बात में अब उसका गर्व चूर हो गया।

मगर इतना करने पर भी कुछ न हो सका, दो महीने के अन्दर लक्ष्मी बीमार पड़ गई। इस बीमारी की हालत में ही एक दिन मंझली बहू के साथ उसकी भेंट हुई। मंझली बहू से मतलब है विपिन की स्त्री से। बड़े घर की नई बहू के बुख़ार की ख़बर सुनकर वह देखने आई थी। उम्र में वह शायद दो-तीन साल बड़ी होगी। इस बात को मन-ही-मन लक्ष्मी ने भी स्वीकार किया कि वह सुन्दरी है, परन्तु इस उम्र में भी उसके सारे शरीर पर दरिद्रता की भीषण मार के चिहन स्पष्ट दिखाई दे रहे थे। साथ में छह-सात साल का एक लड़का था, वह भी दुबला-पतला। लक्ष्मी आदर के साथ अपने बिछौने पर एक तरफ़ बैठने के लिए स्थान कर कुछ देर तक चुपचाप उसकी ओर देखती रही। हाथ में दो-दो चूड़ियों के सिवा सारे अंगों पर कोई और गहना नहीं। पहनावे में अधमैली लाल किनारों की धोती है, शायद वह उसके पति की होगी। गांव की प्रथा के अनुसार लड़का बिना वस्त्र नहीं था, उसकी भी कमर में एक रंगी हुई छोटी धोती थी।

लक्ष्मी ने मंझली बहू का हाथ धीरे-से अपनी तरफ़ खींचते हुए कहा "सौभाग्य से बुख़ार आ गया, तभी तो आपसे मुलाक़ात हो सकी। मगर रिश्ते में जेठानी होती हूं, मंझली बहू। सुना है कि मंझले देवर जी इनसे बहुत छोटे हैं।"

मंझली बहू ने हंसकर कहा, "रिश्ते में छोटी होने पर क्या 'आप' कहा जाता है?"

लक्ष्मी ने कहा, "बस, पहले दिन जो कहा, सो कह दिया, नहीं तो 'आप' कहनेवाली मैं नहीं हूं, मगर तुम भी मुझे 'जीजी' नहीं कह सकतीं, यह मुझसे बरदाश्त न होगा। मेरा नाम लक्ष्मी है।"

मंझली बहू ने कहा, "नाम बताने की जरूरत नहीं, जीजी, आपको देखते ही मालूम हो जाता है और मेरा नाम न मालूम किसने मज़ाक़ में रख दिया था कमला।" कहकर वह कुतूहल के साथ ज़रा हंस दी।

हरिलक्ष्मी के जी में आया कि वह भी विरोध में कहे कि तुम्हारी तरफ़ देखने से ही तुम्हारा नाम मालूम हो जाता है, परन्तु वह इस डर से कह न सकी कि ऐसा कहना नकल की तरह सुनाई देगा। बोली, "हम दोनों के एक ही माने हैं, लेकिन मंझली बहू, मैं तुमसे 'तुम' कह सकी, पर तुमसे तो 'तुम' कहते नहीं बना?"

मंझली बहू ने हंसते हुए जवाब दिया, "चट से निकलता नहीं मुंह से, जीजी, एक उमर के सिवा आप सभी बातों में मुझसे बड़ी हैं। अभी दो-चार दिन जाने दो, ज़रूरत पड़ने पर बदलने में कितनी देर लगती है?"

हरिलक्ष्मी के मुंह पर सहसा प्रत्युत्तर तो नहीं आया, पर वह मन-ही-मन समझ गई कि यह औरत पहले दिन के परिचय को अधिक घनिष्ठ नहीं करना चाहती, मगर उसके कुछ कहने के पहले ही मंझली बहू उठने की तैयारी करके बोली, "तो अब उठती हूं जीजी, कल फिर..."

हरिलक्ष्मी चकित होकर बोली, "अभी से चली जाओगी कैसे, ज़रा बैठो।"

मंझली बहू ने कहा, "आप हुक्म करेंगी तो बैठना पड़ेगा पर आज

जाने दीजिए, जीजी, उनके आने का समय हो गया है।" इतना कहकर वह उठकर खड़ी हो गई और लड़के का हाथ पकड़कर जाने के पहले हंसती हुई बोली, "चलती हूं जीजी, कल ज़रा सिदौसी चली आऊंगी, क्यों?" यह कहकर वह धीरे-से बाहर निकल गई।

विपिन की स्त्री के चले जाने पर हरिलक्ष्मी उसी तरफ़ देखती हुई चुपचाप पड़ी रही। अब बुख़ार नहीं था, पर उसकी ग्लानि बनी हुई थी, फिर भी कुछ देर के लिए वह सबकुछ भूल गई। अब तक गांव-भर की इतनी बहू-बेटियां आई हैं, जिनकी गिनती नहीं, परन्तु बगलवाले ग़रीब घर की इस बहू के साथ उनकी कोई तुलना नहीं हो सकती। वे अपने-आप आईं और उठना ही नहीं चाहती थीं। बैठने के लिए कहा गया, तो फिर कहना ही क्या! उनमें कितनी शालीनता थी, कितनी वाचालता थी, मनोरंजन करने के लिए कितना शर्मनाक प्रयास था उनका!

बोझ से दबा हुआ उसका मन बीच-बीच में विद्रोही हो उठा है, परन्तु उन्हीं में से अकस्मात् यह कौन आकर, उसकी रोगशय्या के पास कुछ क्षणों के लिए, अपना ऐसा परिचय दे गई? उसके मायके की बात पूछने का समय नहीं मिला, परन्तु बिना पूछे ही लक्ष्मी न जाने कैसे समझ गई कि उसकी तरह वह कलकत्ता की लड़की हरगिज़ नहीं इसके लिए विपिन की स्त्री की प्रसिद्धि है कि गांव की रहनेवाली होने पर भी पढ़ी-लिखी है।

लक्ष्मी ने सोचा, "मुमकिन है कि मंझली बहू स्वर के साथ रामायण-महाभारत पढ़ सकती हो, पर इससे ज़्यादा और कुछ नहीं। जिस पिता ने विपिन जैसे दीन-दुखी के हाथ अपनी लड़की सौंपी है, उसने कोई घर पर मास्टर रखकर और स्कूल में पढ़ाकर पास कराके कन्यादान नहीं किया होगा। उज्ज्वल श्याम वर्ण है, पर गोरा नहीं कहा जा सकता। रूप की बात छोड़ दो, शिक्षा, संस्कार, हैसियत किसी भी बात में तो विपिन की स्त्री उसके सामने टिक नहीं सकती, परन्तु एक बात में लक्ष्मी ने अपने को मानो उससे छोटा समझा। वह था उसका कंठ-स्वर! मानो वह संगीत हो और बात करने का ढंग तो बिलकुल मधु से भरा हुआ था। ज़रा भी

जड़ता नहीं, इतनी सहज-सरल बातचीत थी उसकी। बातें मानो वह अपने घर से कंठस्थ कर लाई हो।

परन्तु सबसे ज़्यादा जिस चीज़ ने उसे बांध डाला, वह थी उसकी दूरी। इस बात को कि वह ग़रीब घर की बहू है, मुंह से न कहने पर भी इस ढंग से प्रकट करके गई कि मानो यही उसके लिए स्वाभाविक है, मानो इसके सिवा और कुछ शोभा नहीं देता। यह बनाने के सिवा और किसी उद्देश्य का उसमें लेश-मात्र भी नहीं था कि वह ग़रीब है, पर कंगाल नहीं। एक भले घर की बहू दूसरे घर की एक बीमार बहू को देखने आई है। शाम को जब पति देखने आए, तब हरिलक्ष्मी ने और-और बातचीत होने के बाद कहा, "उस घर की मंझली बहू से आज भेंट हुई थी।"

शिवचरण ने कहा, "किससे? विपिन की बहू से?"

हरिलक्ष्मी ने कहा, "हां, मेरे भाग्य अच्छे थे, जो इतने दिनों के बाद ख़ुही मुझे देखने आई थी, पर पांचेक मिनट से ज़्यादा ठहरी नहीं, काम था, इसलिए चली गई।"

शिवचरण ने कहा, "काम! अरे, उन लोगों के घर कोई नौकर-नौकरानी थोड़े ही हैं। बासन मांजने से लगाकर बटलोई चढ़ाने तक सभी काम अपने हाथ से करने पड़ते हैं। भला तुम्हारी तरह पड़े-पड़े, बैठे-बैठे आराम कर तो ले कोई! एक गिलास पानी तक तो तुम्हें अपने हाथ से भरकर पीना नहीं पड़ता।"

अपने सम्बन्ध में ऐसा मन्तव्य हरिलक्ष्मी को बहुत ही बुरा मालूम हुआ, पर यह समझकर वह ग़ुस्सा नहीं हुई कि बात तो उसकी बड़ाई करने के लिए ही कही गई थी, अपमान करने के लिए नहीं। बोली, "सुना है कि मंझली बहू को बड़ा घमंड है। अपना घर छोड़कर कहीं आती-जाती नहीं।"

शिवचरण ने कहा, "जाएगी कैसे? हाथों में दो-दो चूड़ियों के सिवा ख़ाक-पत्थर कुछ पास में है भी। मारे शर्म के मुंह नहीं दिखा सकती।"

हरिलक्ष्मी ने ज़रा हंसकर कहा, "इसमें शरम काहे की? दुनिया के

लोग क्या उसकी देह पर जड़ाऊ गहने के लिए व्याकुल हो रहे हैं, जो न देखेंगे तो छिः-छिः करते डोलेंगे?"

शिवचरण ने कहा, "जड़ाऊ गहने? मैंने तुम्हें दिए हैं, किसी साले के बेटे ने वैसे आंखों से देखे भी हैं? अपनी स्त्री को आज तक दो चूड़ियों के सिवा और कुछ बनवाकर न दे सका! हुं-हुं; बाबू, रुपये का ज़ोर बड़ा ज़ोर है! जूता मारूंगा और..."

हरिलक्ष्मी क्षुण्ण और अत्यन्त लज्जित होकर बोली, "छिः-छिः, ऐसी बात क्यों कह रहे हो?"

शिवचरण ने कहा, "नहीं-नहीं, हमारे पास दबी-छिपी बात नहीं, जो कुछ कहूंगा सो साफ़-साफ़ कह दूंगा।"

हरिलक्ष्मी चुपचाप आंखें मींचे पड़ी रही। कहने को और था ही क्या? ये लोग कमज़ोरों के विरुद्ध अत्यन्त असभ्य बात कठोर और कर्कश स्वर में कहने को ही स्पष्टवादिता समझते हैं। शिवचरण शान्त न रहा, कहने लगा, "ब्याह में जो पांच सौ रुपये उधार लिए थे, उसके ब्याज-असल मिलाकर सात सौ हो गए, उसका भी कुछ ख़याल है? ग़रीब है, एक किनारे पड़ा है, पड़ा रहे। अरे, मैं चाहूं तो कान पकड़के निकाल बाहर कर सकता हूं। जो दासी के लायक नहीं, वह मेरी स्त्री के सामने घमंड दिखलाती है!"

हरिलक्ष्मी करवट बदलकर सो रही। एक तो बीमार, उस पर विरक्ति और लज्जा से सारे शरीर में भीतर से मानो कंपकंपी आने लगी।

दूसरे दिन दोपहर को घर में मृदु शब्द सुनकर हरिलक्ष्मी ने आंख खोलकर देखा तो विपिन की स्त्री चुपके से बाहर जा रही है। उसने बुलाकर कहा, "मंझली बहू, चली जा रही हो?"

मंझली बहू ने शर्माते हुए लौटकर कहा, "मैंने सोचा कि आप सो रही हैं। आज कैसी तबीयत है, जीजी?"

हरिलक्ष्मी ने कहा, "आज बहुत अच्छी हूं। कहां, तुम अपने लल्ला को तो नहीं लाईं?"

मंझली बहू ने कहा, "आज वह अचानक सो गया, जीजी।"

"अचानक सो गया, इसका मतलब?"

"आदत ख़राब हो जाएगी, इसलिए दिन में मैं उसे सोने नहीं देती, जीजी।"

हरिलक्ष्मी ने पूछा, "इधर-उधर ऊधम करता नहीं फिरता?"

मंझली बहू ने कहा, "करता क्यों नहीं फिरता? मगर दोपहर को सोने की अपेक्षा वही अच्छा है।"

"तुम ख़ुद शायद नहीं सोती?"

मंझली बहू ने हंसते हुए सिर हिलाकर कहा, "नहीं।"

हरिलक्ष्मी ने सोचा था, स्त्रियों के स्वभाव के अनुसार अबकी बार शायद वह फुर्सत न मिलने की लम्बी सूची सुनाने बैठ जाएगी, मगर उसने ऐसी कोई बात नहीं की। इसके बाद और-और बातें होने लगीं। बात-बात में हरिलक्ष्मी ने अपने मायके की बात, भाई-बहन की बात, मास्टर साहब की बात, स्कूल की बात, यहां तक कि अपने मैट्रिक पास करने की भी बात कह डाली। बहुत देर बाद जब उसे होश आया, तब उसने स्पष्ट देखा कि मंझली बहू श्रोता के लिहाज़ा से चाहे जितनी अच्छी क्यों न हो, वक्ता के लिहाज़ा से कुछ भी नहीं। अपनी बात प्रायः कुछ कही ही नहीं। पहले तो लक्ष्मी को शर्म मालूम हुई, पर उसी वक़्त उसे मालूम हुआ कि गपशप करने लायक उसके पास है ही क्या! मगर कल जैसे इस बहू के विरुद्ध उसका मन अप्रसन्न हो उठा था, आज वैसे ही उसे भारी तृप्ति-सी मालूम हुई।

दीवार पर टंगी हुई क़ीमती घड़ी में नाना प्रकार के बाजों के साथ तीन बजे। मझंली बहू उठ खड़ी हुई और विनय के साथ बोली, "जीजी, अब चलती हूं।"

लक्ष्मी ने कुतूहल के साथ कहा, "बहन, तुम्हारी क्या तीन बजे तक ही छुट्टी रहती है? लाला जी क्या घड़ी देखकर ठीक टाइम से घर आते हैं?"

मंझली बहू ने कहा, "आज वे घर पर ही हैं।"

"फिर आज जल्दी काहे की... और थोड़ा बैठो न!"

मंझली बहू बैठी नहीं, लेकिन जाने के लिए पैर भी नहीं बढ़ा सकी। आहिस्ता से बोली, "जीजी, आपने कितनी शिक्षा पाई है, कितना पढ़ा-लिखा है और मैं ठहरी गंवई-गांव की..."

"तुम्हारा मायका क्या गांव में है?"

"हां, जीजी, बिलकुल देहात में। बिना समझे कल क्या कहते क्या कह दिया हो, पर असम्मान करने के लिए नहीं, आप मुझे जैसी भी क़सम खाने को कहेंगी जीजी..."

हरिलक्ष्मी दंग रह गई, बोली, "ऐसा क्यों कहती हो मंझली बहू, तुमने तो कल ऐसी कोई भी बात नहीं कही।"

मंझली बहू ने उसके जवाब में फिर कोई बात नहीं कही, परन्तु 'चल दी' कहकर जब वह फिर से विदा लेकर धीरे-धीरे जाने लगी, तब उसका कंठ-स्वर अकस्मात् कुछ और ही तरह का सुनाई दिया।

रात को शिवचरण जब घर में आए, तब हरिलक्ष्मी चुपचाप लेटी हुई थी। शरीर अपेक्षाकृत स्वस्थ, मन भी शान्त और प्रसन्न था।

शिवचरण ने पूछा, "कैसी तबीयत है, बड़ी बहू?"

लक्ष्मी उठ बैठी, बोली, "अच्छी है।"

शिवचरण बोले, "सबेरे की बात मालूम हुई? बच्चू को बुलवाकर सबके सामने ऐसा झाड़ दिया है कि जनम-भर न भूलेगा। मैं बेलापुर का शिवचरण चौधरी हूं, हां!"

हरिलक्ष्मी डर गई, बोली, "किसे जी?"

शिवचरण ने कहा, "विपिना को बुलाकर कह दिया, तुम्हारी स्त्री मेरी स्त्री के पास आकर शान दिखाके उसका अपमान कर गई। इतनी हिमाक़त उसकी! पाजी, नालायक, ओछे घर की लड़की कहीं की! उसके बाल कटवाकर मुंह काला करके गधे पर चढ़ाकर गांव से निकाल बाहर कर सकता हूं, जानता है!"

हरिलक्ष्मी का बीमारी से मुर्झाया चेहरा एकबारगी सफ़ेद फक पड़ गया, वह बोली, "तुम कहते क्या हो जी?"

शिवचरण अपनी छाती ठोककर गर्व के साथ कहने लगा, "इस गांव में जज समझो, मजिस्ट्रेट समझो और दारोगा या पुलिस समझो... सबकुछ यही बन्दा है! यही बन्दा! मारने की लकड़ी, जिलाने की... सब मेरी मुट्ठी में है। तुम कहो तो कल ही अगर विपिन की बहू आकर तुम्हारे पैर न दबाए, तो मैं लाटू चौधरी की पैदाइश ही नहीं। मैं..."

इस तरह विपिन की बहू को सबके सामने अपमानित और लांछित करने के वर्णन और व्याख्यान में लाटू चौधरी के पुत्र ने गन्दे और बेहूदे शब्दों के व्यय में कोई कसर नहीं रखी। उसके सामने स्तब्ध एकटक देखती हुई हरिलक्ष्मी का मन कहने लगा, धरती माता, फट पड़ो!

दूसरी बार की तरुण पत्नी के शरीर की रक्षा के लिए शिवचरण सिर्फ़ एक अपनी देह के सिवा और सबकुछ दे सकता था। हरिलक्ष्मी वह देह बेलापुर में न संभाल सकी। डॉक्टरों ने यह सलाह दी कि हवा-पानी बदलना चाहिए। शिवचरण ने अपने साढ़े पन्द्रह आने की हैसियत के अनुसार बड़े ठाट-बाट से हवा बदलने जाने की तैयारियां शुरू कर दीं। यात्रा के शुभ मुहूर्त के दिन गांव के लोग टूट पड़े।

सिर्फ़ आया नहीं तो विपिन और उसकी स्त्री। बाहर शिवचरण न कहने लायक बातें कहने लगा, और भीतर बड़ी बुआ ने उग्र रूप धारण कर लिया। बाहर भी 'स्थायी' में स्वर मिलानेवालों की कमी न रही और भीतर भी उसी तरह बुआ के चीत्कार को बढ़ानेवाली स्त्रियां काफ़ी जुट गईं। सिर्फ़ कुछ नहीं बोली, तो एक हरिलक्ष्मी। मंझली बहू के प्रति उसके क्षोभ और अभिमान की मात्रा किसी से भी कम न थी, वह मन-ही-मन कहने लगी, मेरे बर्बर पति ने कितना भी अन्याय क्यों न किया हो, मैंने ख़ुद तो कुछ नहीं कहा! परन्तु घर की और बाहर की औरतें जो कुछ आज चिल्ला रही थीं, उनके साथ किसी तरह स्वर-में-स्वर मिलाने में उसे घृणा मालूम होने लगी।

जाते समय पालकी का दरवाज़ा हटाके लक्ष्मी ने उत्सुक दृष्टि से विपिन के टूटे-फूटे घर की खिड़की की ओर देखा, परन्तु किसी की छाया तक उसे दिखाई नहीं दी।

काशी में मकान ठीक कर लिया गया था। वहां की आब-हवा के गुण से लक्ष्मी के नष्ट स्वास्थ्य की पुनः प्राप्ति में देर न हुई। चार महीने बाद जब वह लौटकर घर आई, तब उसके शरीर की कान्ति देखकर स्त्रियों की गुप्त ईर्ष्या का ठिकाना न रहा।

हेमन्त ऋतु आ रही है। दोपहर को मंझली बहू बैठी अपने सदा के बीमार पति के लिए एक ऊनी गुलूबन्द बुन रही थी, पास ही लड़का बैठा खेल रहा था। वह देखकर चिल्ला उठा, "मां, ताई जी!"

मंझली बहू ने हाथ का काम जहां-का-तहां छोड़कर चटपट उठकर नमस्कार किया और बैठने के लिए आसन बिछा दिया, फिर खिले हुए चेहरे से कहा, "तबीयत ठीक हो गई, जीजी!"

लक्ष्मी ने कहा, "हां, हो गई। मगर ठीक नहीं भी तो हो सकती थी। ऐसा भी तो हो सकता था कि फिर लौटकर ही न आती, फिर भी जाते समय तुमने ज़रा भी खोज-ख़बर नहीं ली। रास्ते-भर तुम्हारी खिड़की की तरफ़ देखती हुई गई। एक बार छाया तक न दिखाई दी। मरीज़ बहन चली जा रही है, ज़रा भी मोह न हुआ, मंझली बहू! ऐसी पत्थर की बनी हो तुम!"

मंझली बहू की आंखें डबडबा आईं, पर मुंह से कोई उत्तर न निकला।

लक्ष्मी ने कहा, "मुझमें और चाहे जो कुछ भी दोष हो, मंझली बहू, मेरा मन तुम्हारी तरह कठोर नहीं है। भगवान् न करें, मगर ऐसे मौक़े पर मैं तुम्हें बिना देखे नहीं रह सकती थी।"

मंझली बहू ने इस आरोप का भी कुछ जवाब नहीं दिया, वह चुपचाप खड़ी रही।

लक्ष्मी इसके पहले यहां और कभी नहीं आई, पहले-पहल आज ही उसने इस घर में पैर रखा था। वह इधर-उधर घूम-फिरकर सब कोठरियां

देखने लगी। सौ साल का पुराना टूटा-फूटा मकान है, उसमें सिर्फ़ तीन कोठरियां किसी कद्र रहने लायक हैं। दरिद्रता का आवास है, असबाब तो नहीं के बराबर है, दीवारों का चूना झरता जा रहा है, मरम्मत कराने की ताक़त नहीं, फिर भी अनावश्यक गन्दापन कहीं ज़रा देखने को भी नहीं। छोटे-छोटे बिछौने हैं, पर साफ़-सुथरे। दो-चार देवी-देवताओं के चित्र टंगे हैं और हैं मंझली बहू के अपने हाथ की शिल्प-कला के कुछ नमूने। ज़्यादातर ऊन और सूत के काम की चीज़ें हैं। उनमें न तो कोई नौसिखिए के हाथ का लाल चोंचवाला तोता ही है और न पचरंगी बिल्ली की सूरत। क़ीमती फ्रेम में जड़े हुए लाल, नीले, बैंगनी, सफ़ेद आदि रंगों के ऊन से बुने हुए 'वेलकम', 'स्वागतम्' या ग़लत उच्चारण के गीता के श्लोक भी नहीं। लक्ष्मी ने आश्चर्य के साथ पूछा, "यह किसकी तस्वीर है मंझली बहू? पहचाना हुआ-सा चेहरा मालूम होता है?"

मंझली बहू ने शरमाते हुए हंसकर कहा, "तिलक महाराज की तस्वीर देख-देखकर बिनने की कोशिश की थी, जीजी, पर कुछ बनी नहीं।" यह कहते हुए उसने उंगली उठाकर सामने की दीवार पर टंगे हुए भारत के सिरमौर लोकमान्य तिलक का चित्र दिखा दिया।

लक्ष्मी बहुत देर तक उस तरफ़ देखती रही, फिर आहिस्ता से बोली, "पहचान नहीं सकी, यह मेरा ही क़सूर है मंझली बहू, तुम्हारा नहीं। मुझे सिखा दोगी, बहन? यह विद्या अगर सीख सकी तो तुम्हें गुरु बनाने में हमें कोई ऐतराज न होगा।"

मंझली बहू हंसने लगी। उस दिन तीन-चार घंटे बाद लक्ष्मी जब लौटी तब यह बात तय कर गई कि वह शिल्प-कला सीखने के लिए कल से रोज़ आया करेगी।

आने भी लगी, परन्तु, दस-पन्द्रह दिन में वह साफ़ समझ गई कि विद्या सिर्फ़ कठिन ही नहीं, बल्कि सीखने में भी काफ़ी लम्बा समय लेगी। एक दिन लक्ष्मी ने कहा, "मंझली बहू, तुम मुझे खूब ध्यान से नहीं सिखाती हो।"

मंझलीं बहू ने कहा, "इसमें लो काफ़ी समय लगेगा, जीजी, इससे अच्छा है कि आप और-और बुनाइयां सीखें।"

लक्ष्मी भीतर ही-भीतर ग़ुस्सा हो गई, पर इसे छिपाते हुए उसने पूछा, "तुम्हें सीखने में कितने दिन लगे थे, मंझली बहू?"

मंझली बहू ने जवाब दिया, "मुझे तो किसी ने सिखाया नहीं, जीजी, अपनी कोशिश से ही थोड़ा-थोड़ा करके..."

लक्ष्मी ने कहा, "इसी से। नहीं तो दूसरे से सीखतीं, तो तुम भी समय का हिसाब रखतीं।"

मुंह से चाहे वह कुछ भी कहे, पर मन-ही-मन उसने बिना किसी सन्देह के अनुभव किया कि होशियार और तेज़ अक्ल इस मंझली बहू के सामने वह खड़ी नहीं हो सकती। आज उसके सीखने का काम बढ़ न सका और समय से बहुत पहले ही वह सुई-डोरा और पैटर्न लपेटकर घर चल दी। दूसरे दिन नहीं आई और रोज़ के आने में यह पहले-पहल नागा हुआ।

तीन-चार दिन के बाद फिर एक दिन हरिलक्ष्मी अपने सुई-डोरे का बॉक्स लेकर मंझली बहू के घर पहुंची। मंझली बहू तब अपने लड़के को रामायण से तस्वीरें दिखा-दिखाकर उसकी कथा सुना रही थी, लक्ष्मी को देखते ही उठकर उसने आसन बिछा दिया। उद्विग्न कंठ से पूछने लगी, "दो-तीन दिन आईं नहीं, तबीयत ठीक नहीं थी क्या?"

लक्ष्मी ने गम्भीर होकर कहा, "नहीं तो, ऐसे ही पांच-छः दिन नहीं आ सकी।"

मंझली बहू ने आश्चर्य प्रकट करते हुए कहा, "पांच-छः दिन नहीं आईं। शायद इतने दिन हो गए होंगे, पर आज दो घंटे ज़्यादा रखकर अनुपस्थितियों कीं क़सर निकाल लेना चाहती हूं।"

लक्ष्मी ने कहा, "हूं लेकिन मान लो तबीयत ही ख़राब हुई होती, मंझली बहू, तुम्हें एक बार तो ख़बर लेनी चाहिए थी?"

मंझली बहू ने शर्माते हुए कहा, "लेनी ज़रूर चाहिए थी, पर घर-गिरस्ती

के बहुत तरह के काम-धन्धे हैं। अकेली ठहरी, किसे भेजती बताइए? पर मैं मानती हूं, क़सूर हुआ है, जीजी।"

लक्ष्मी मन-ही-मन ख़ुश हुई। पिछले कई दिन वह अत्यन्त अभिमान के कारण ही नहीं आई थी और साथ ही, 'जाऊंगी-जाऊंगी' करते ही उसने दिन काटे हैं इस मंझली बहू के सिवा सिर्फ़ घर में नहीं, बल्कि गांव-भर में ऐसी कोई नहीं है, जिससे जी खोलकर वह हिल-मिल सके!

लड़का अपने मन से तस्वीरें देख रहा था। हरिलक्ष्मी ने उसे बुलाकर कहा, "निखिल, यहां मेरे पास आना, बेटा!"

उसके पास आने पर लक्ष्मी ने अपना बॉक्स खोलकर एक पतली सोने की ज़ी निकालकर उसके गले में पहना दी और कहा, "जाओ खेलो जाकर।"

मां का चेहरा गम्भीर हो गया। उसने पूछा, "आपने ज़ी क्योंउसे दे दी?"

लक्ष्मी ने खिले हुए चेहरे से जवाब दिया, "और नहीं तो क्या देती?"

मंझली बहू ने कहा, "आपके देने से ही वह ले लेगा?"

लक्ष्मी शर्मिन्दा हो उठी, बोली, "ताई क्या एक जंज़ीर भी नहीं दे सकती?"

मंझली बहू ने कहा, "सो मैं नहीं जानती जीजी, पर इतना ज़रूर जानती हूं कि मां होकर मैं लेने नहीं दे सकती।... निखिल, उसे उतारकर अपनी ताई जी को दे दो। जीजी, हम लोग ग़रीब हैं, पर भिखारी नहीं। यह बात नहीं कि कोई एक क़ीमती चीज़ अचानक मिले तो दोनों हाथ पसारकर लेने दौड़ें।"

लक्ष्मी दंग होकर बैठी रही। आज भी उसका मन कहने लगा, पृथ्वी, फट पड़ो!

जाते समय उसने कहा, "लेकिन यह बात तुम्हारे जेठ जी के कानों तक पहुंचेगी, मंझली बहू।"

मंझली बहू ने कहा, "उनकी बहुत-सी बातें मेरे कानों तक आती हैं,

मेरी एक बात उनके कानों तक पहुंच जाएगी, तो कान अपवित्र नहीं हो जाएंगे।"

लक्ष्मी ने कहा, "अच्छी बात है, आजमाकर देखने से ही मालूम हो जाएगा।" फिर ज़रा ठहरकर बोली, "व्यर्थ में अपमानित करने की ज़रूरत नहीं थी, मंझली बहू। मैं भी ज़ा देना जानती हूं।"

मंझली बहू ने कहा, "यह आपकी नाराज़ी की बात है। नहीं तो मैंने आपका अपमान नहीं किया, बल्कि सिर्फ़ आपको अपने पति का अपमान करने नहीं दिया, इतना समझने की शिक्षा आपको मिली है।"

लक्ष्मी ने कहा, "सो तो मिली है, नहीं मिली है तो सिर्फ़ तुम जैसी गंवई-गांव की औरतों से झगड़ने की शिक्षा।"

मंझली बहू ने इस कटूक्ति का जवाब नहीं दिया, चुप बनी रही!

लक्ष्मी चलने की तैयारी करके बोली, "इस जंज़ीर की क़ीमत चाहे कुछ भी हो, मैंने लड़के को प्यार से ही दी थी, तुम्हारे पति के कष्ट दूर करने के ख़याल से कतई नहीं। मंझली बहू, तुमने बस इतना ही सीख रखा,है कि बड़े आदमी मात्र ही ग़रीबों का अपमान करते फिरते हैं, वे प्यार भी कर सकते हैं, यह तुमने नहीं सीखा। सीखना ज़रूरी है।... मगर फिर आकर हाथ-पैर छूती मत फिरना।"

इसके जवाब में मंझली बहू ने सिर्फ़ ज़रा मुस्कुराकर कहा, "नहीं जीजी, इसकी चिन्ता तुम मत करो।"

बाढ़ के दबाव से मिट्टी का बांध टूटना शुरू होता है, तब उसकी मामूली-सी शुरुआत देखकर कल्पना भी नहीं की जा सकती कि लगातार चलनेवाली पानी की धारा इतने कम समय के अन्दर ही उस टूटन को इतना भयंकर और ऐसा विशाल बना देगी। ठीक यही बात हरिलक्ष्मी के बारे में हुई। पति के पास जब उसने विपिन और उसकी स्त्री के विरुद्ध आरोप की बातें ख़तम कीं, तब उसके परिणाम की कल्पना करके वह स्वयं ही डर गई। झूठ कहने का उसका स्वभाव नहीं और कहना भी चाहे,

तो उसकी शिक्षा और मर्यादा उसमें बाधक होती है, परन्तु इस बात को वह ख़ुद भी न समझ पाई कि दुर्निवार जल-स्रोत की तरह जो बातें झोंक में उसके मुंह से ज़बरदस्ती निकल गईं, इनमें से बहुत-सी सच्ची नहीं थीं, पर इस बात को समझना भी उसे बाक़ी न रहा कि उसकी गति को रोकना उसके बूते के बाहर की बात थी। सिर्फ़ एक विषय में वह ठीक इतना नहीं जानती थी, यानी अपने पति के स्वभाव से वह पूरी तरह परिचित नहीं थी! उसके पति का स्वभाव जैसा निष्ठुर था, वैसा ही हिंसक और उतना ही बर्बर। इस बात को मानो वह जानता ही नहीं कि किसी को कष्ट देने की सीमा कहां तक है। आज शिवचरण उछला-कूदा नहीं, सब सुन-सुनाकर सिर्फ़ इतना ही बोला, "अच्छा, पांच-छः महीने बाद देखना, यही ठीक समझ लेना, दूसरा साल न आने पाएगा।"

अपमान और लांछना की आग हरिलक्ष्मी के हृदय में जल ही रही थी। वह वास्तव में चाहती थी कि विपिन की स्त्री को खूब अच्छी तरह सज़ा मिले, परन्तु शिवचरण के बाहर चले जाने पर उसके मुंह की इस मामूली-सी बात को मन-ही-मन दोहराने से हरिलक्ष्मी के मन में शान्ति नहीं मिली। उसे ऐसा मालूम होने लगा, जैसे कहीं कुछ बड़ी भारी ख़राबी हो गई है।

कुछ दिन बाद किसी बातचीत के सिलसिले में हरिलक्ष्मी ने पति से मुस्कुराते हुए पूछा, "उन लोगों के बारे में कुछ किया-कराया है क्या?"

"किन लोगों के बारे में?"

"विपिन लालाजी के बारे में?"

शिवचरण ने अनमने भाव से कहा, "क्या करता और कर भी क्या सकता हूं? मैं मामूली आदमी जो ठहरा।"

हरिलक्ष्मी ने उद्विग्न होकर पूछा, "इसका मतलब?"

शिवचरण ने कहा, "मंझली बहू कहा करती है न कि राज्य तो जेठजी का नहीं है, अंग्रेज़ सरकार का है!"

हरिलिक्ष्मी ने कहा, "ऐसा कहा है क्या? लेकिन,... अच्छा..."

“अच्छा क्या?”

स्त्री ने ज़रा सन्देह प्रकट करते हुए, “लेकिन मंझली बहू तो ठीक इस तरह की बात कभी कहती नहीं। बहुत चालाक है क्या? बहुत-से लोग शायद बात बढ़ा-चढ़ाकर चुगली भी कर दिया करते हैं।”

शिवचरण ने कहा, “इसमें आश्चर्य की कोई बात नहीं, मगर यह बात तो मैंने अपने कानों से सुनी है।”

हरिलक्ष्मी इस बात पर विश्वास न कर सकी, पर उस समय के लिए पति का मनोरंजन करने के ख़याल से सहसा ग़ुस्सा दिखाती हुई बोली, “कहते क्या हो, इतना घमंड! मुझे तो ख़ैर जो कुछ कहा, लेकिन जेठ लगते हो, तुम्हारी तो ज़रा इज़्ज़त करनी चाहिए थी?”

शिवचरण ने कहा, “हिन्दुओं के घर ऐसा ही तो सब समझते हैं। पढ़ी-लिखी विद्वान औरत ठहरी न, इसी से! पर मेरा अपमान करके कोई भी बच नहीं सकता। बाहर ज़रा काम है, मैं जा रहा हूं।” इतना कहकर शिवचरण बाहर चल दिया। बात को जिस तरह हरिलक्ष्मी कहना चाहती थी, उस तरह न कह सकी, बल्कि वह उलटी हो गई, पति के चले जाने पर रह-रहकर उसे इसी बात का ख़याल होने लगा।

बाहर की बैठक में जाकर शिवचरण ने विपिन को बुलाकर कहा, “पांच-सात साल से तुमसे कह रहा हूं विपिन, कि अपने मवेशियों को यहां से हटा लो, रात को सोना मेरे लिए हराम हो गया है, सो क्या तुमने मेरी बात न सुनना ही तय कर लिया है?”

विपिन ने चकित होकर कहा, “कहां, मैंने तो एक बार भी नहीं सुना भइया?”

शिवचरण ने बड़ी आसानी के साथ कहा, “कम-से-कम दस बार तो मैंने अपने मुंह से कहा है तुमसे। तुम्हें याद न रहे तो कोई नुक़सान नहीं, पर इतनी बड़ी जमींदारी का जो शासन करता है, उसकी बात भूल जाने से काम नहीं चल सकता। ख़ैर, कुछ भी हो, तुम्हें ख़ुद इस बात की अक्ल होनी चाहिए थी कि दूसरे की जगह में कैसे इतने दिनों तक मवेशी बांधे

जा सकते हैं? कल ही वहां से सब हटा-हटू लेना। मुझे फुरसत न मिलेगी, तुम्हें यह अन्तिम बार जता दिया मैंने।"

विपिन के मुंह से ऐसे ही बात नहीं निकलती, उस पर अकस्मात् इस परम आश्चर्यकारी प्रस्ताव के सामने वह एकबारगी भौचक हो गया। अपने बाबा के जमाने से उस जगह को वह अपनी ही समझता आ रहा है। इतनी बड़ी झूठी बात का वह विरोध तक न कर सका कि वह दूसरे की है, चुपचाप घर चला आया।

उसकी स्त्री ने सब बातें सुनकर कहा, "पर राज की अदालत तो खुली है।"

विपिन चुप रहा। वह चाहे भला आदमी क्यों न हो, इस बात को जानता था कि अंग्रेज़ी राज्य की अदालत का विशाल द्वार कितना भी खुला हुआ क्यों न हो, ग़रीबों के घुसने लायक रास्ता उसमें ज़रा-सा भी खुला नहीं। आख़िर वही हुआ जो होना था। दूसरे दिन बड़े बाबू के लोग आए और उन्होंने पुरानी टूटी-फूटी गोशाला को तोड़कर उस जगह को लम्बी दीवार से घेर दिया। विपिन थाने में जाकर ख़बर दे आया, मगर आश्चर्य कि शिवचरण की पुरानी ईंटों की नई दीवार जब तक पूरी नहीं बन गई, तब तक एक भी लाल पगड़ी उसके पास नहीं फटकी। विपिन की स्त्री ने हाथ की चूड़ियां बेचकर अदालत में नालिश की, पर उससे चूड़ियां ही चली गईं और कुछ नहीं हुआ।

रिश्ते में विपिन की बुआ लगनेवाली एक शुभाकांक्षिणी ने इस विपत्ति में विपिन की स्त्री को हरिलक्ष्मी के पास जाने की सलाह दी थी, इस पर उसने शायद कह दिया था कि शेर के आगे हाथ जोड़कर खड़ा होने से फ़ायदा क्या बुआ जी? प्राण तो जाने के हैं, सो जाएंगे ही, ऊपर से अपमान और हाथ लगेगा।

यह बात जब हरिलक्ष्मी के कानों में पड़ी, तो वह चुप रही। किसी तरह का उत्तर देने की उसने कोशिश तक नहीं की।

काशी से हवा-पानी बदलकर आने के बाद एक दिन के लिए भी

उसकी तबीयत बिलकुल ठीक नहीं रही। इस घटना के महीने-भर बाद उसे फिर बुख़ार आने लगा। कुछ दिन तक गांव में ही इलाज होता रहा, मगर कोई फ़ायदा नहीं हुआ। तब डाक्टर की सलाह से उसे फिर बाहर जाने के लिए तैयारियां करनी पड़ीं।

अनेक प्रकार के काम-काज के मारे अबकी शिवचरण का जाना न हो सका, वह गांव में ही रहा। जाते समय लक्ष्मी अपने पति से एक बात कहने के लिए भीतर-ही-भीतर फड़फड़ाती रही, पर किसी तरह मुंह खोलकर उस आदमी के सामने वह बात कह नहीं सकी। उसे बार-बार ऐसा मालूम होने लगा कि इनसे अनुरोध करना व्यर्थ है, इसका मतलब यह नहीं समझ सकते।

हरिलक्ष्मी के रोगग्रस्त शरीर को पूर्णतया नीरोग होने में अबकी कुछ लम्बा समय लगा।क़रीब एक साल के बाद वह बेलपुर वापस आई। वह सिर्फ़ जमींदार की लाड़ली स्त्री ही तो नहीं, इतने बड़े घर की मालकिन भी तो है, इसलिए मोहल्ले की औरतों के झुंड-के-झुंड उसे देखने आए। जो सम्बन्ध में बड़ी थीं, उन लोगों ने आशीर्वाद दिया और जो छोटी थीं, उन्होंने पांव छुए। आई नहीं तो सिर्फ़ विपिन की स्त्री। इस बात को हरिलक्ष्मी जानती थी कि वह नहीं आएगी।

इस एक साल के अन्दर विपिन के घर के लोग किस तरह रहे, फ़ौजदारी और दीवानी मामले जो उनके विरुद्ध चल रहे थे, उनका क्या नतीजा हुआ, इनमें से कोई भी ख़बर उसने किसी से जानने की कोशिश नहीं की। शिवचरण कभी घर पर और कभी पश्चिम में जाकर स्त्री के साथ रह आया करता था। जब-जब पति से भेंट हुई तभी-तब हरिलक्ष्मी के मन में सबसे पहले इन लोगों के बारे में जानने की इच्छा हुई परन्तु फिर भी, एक दिन भी, उसने पति से कोई बात नहीं पूछी। पूछते हुए उसे डर लगता था। सोचती, इतने दिनों में कुछ-न-कुछ निबटारा हो ही गया होगा और शायद इनके क्रोध में अब उतनी तेज़ी नहीं रही। इस आशंका

से कि पूछ-ताछ करने से फिर कहीं पहले का घाव ताज़ा न हो जाए, वह ऐसा भाव धारण किए रहती, जैसे उन सब तुच्छ बातों की अब उसे याद ही नहीं। उधर शिवचरण भी अपनी तरफ़ से किसी दिन भी विपिन की बात नहीं छेड़ता। इस बात को वह हरिलक्ष्मी से छिपाए ही नहीं रखता कि अपनी स्त्री के अपमान की बात भूला नहीं है, बल्कि उसकी अनुपस्थिति में इसका काफ़ी इन्तज़ाम उसने कर रखा था। उसके मन में साध थी कि लक्ष्मी घर जाकर अपनी आंखों से ही सब देख-भाल ले और तब मारे आनन्द के फूली न समाए।

ज़्यादा दिन चढ़ने के पहले ही बुआ जी की बारम्बार स्नेहपूर्ण ताड़ना से लक्ष्मी जब नहा-धोकर निश्चिन्त हुई, तो बुआ जी ने उत्कंठा प्रकट करते हुए कहा, "अभी तुम्हारा शरीर कमज़ोर ठहरा बहूरानी, तुम अब नीचे न जाओ, यहीं तुम्हारे लिए थाली परसवाकर मंगवाए देती हूं।"

लक्ष्मी ने आपत्ति करते हुए हंसकर कहा, "मेरा शरीर पहले जैसा ही ठीक हो गया है बुआजी, मैं नीचे रसोई में जाकर खा आऊंगी, ऊपर सब ढोकर लाने की ज़रूरत नहीं। चलो, नीचे ही चलती हूं।"

बुआ जी ने 'शिबू की तरफ़ से मनाई है' कहते हुए उसे रोक दिया। उनका हुक्म पाकर नौकरानी जगह साफ़ करके आसन बिछा गई। दूसरे ही क्षण मिसरानी भोजन लेकर हाज़िर हुई। उसके थाली रखकर चले जाने पर लक्ष्मी नें आसन पर बैठते हुए पूछा, "ये मिसरानी जी कौन-सी हैं बुआजी, पहले तो कभी नहीं देखा इन्हें।"

बुआजी ने हंसकर कहा, "पहचान न सकीं बहूरानी, यह तो अपने विपिन की बहू है।"

लक्ष्मी स्तब्ध होकर बैठी रह गई। मन-ही-मन समझ गई, उसे एकाएक चकित कर देने के लिए ही इतना षड्यन्त्र करके इस तरह छिपा रखा गया था। कुछ देर में अपने को सम्हालकर वह जिज्ञासु मुख से बुआजी की तरफ़ देखने लगी।

बुआजी ने कहा, "विपिन मर गया है, सुन लिया होगा?"

लक्ष्मी ने कुछ भी नहीं सुना था, परन्तु अभी तुरन्त जो थाली परस गई है, उसकी तरफ़ देखते ही यह बात मालूम हो जाती है कि वह विधवा है। उसने सिर हिलाकर कह दिया, "हां।"

बुआजी ने बाक़ी घटना का वर्णन करते हुए कहा, "जो कुछ बचा-खुचा था ख़ाक-धूल, सो सब मुक़दमेबाज़ी में स्वाहा करके विपिन तो मर गया। जब देखा कि बाक़ी रुपया चुकाने में मकान भी हाथ से जाता है, तब हम ही लोगों ने सलाह दी, 'मंझली बहू, साल-दो साल अपनी देह से मेहनत करके रुपये चुका दे, जिससे तेरे लड़के के लिए कम-से-कम बैठने के लिए तो जगह बची रहे।'"

लक्ष्मी अपने सफ़ेद फक चेहरे से, उसी तरह पलकहीन नेत्रों से, चुपचाप देखती रह गई। बुआजी ने सहसा गले का स्वर धीमा करके कहा, "फिर भी मैंने एक बार उसे अलग ले जाकर कहा था कि मंझली बहू, जो होना था सो हो गया, अब उधार-उधूर करके जैसे बने एक बार काशी जाकर बड़ी बहू के पैरों पड़ आ! लड़के को उनके पैरों पर डालकर कहना, जीजी, इसका तो कोई क़सूर नहीं, इसे बचाओ..."

बात करते-करते बुआजी आंखों से आंसू पोंछती हुई बोलीं, "मगर बन्दी सिर नीचा किए मुंह बन्द करके बैठी रही, उसने हां-ना कुछ जवाब तक नहीं दिया।"

हरिलक्ष्मी समझ गई, इसका सारा-का-सारा पाप मेरे ही सिर पर आ पड़ा है। उसके मुंह का अन्न-व्यंजन सब-का-सब कड़ुआ ज़हर हो गया, फिर वह एक गस्सा भी न निगल सकी। बुआजी किसी काम से थोड़ी देर के लिए कमरे से बाहर चली गई थीं, लौटकर जब उन्होंने लक्ष्मी की थाली की दशा देखी तो वे चंचल हो उठीं। ज़ो र से पुकारने लगीं, "विपिन की बहू! विपिन की बहू!" विपिन की बहू के दरवाज़े के बाहर आकर खड़ी होते ही वे ज़ोर से बिगड़ पड़ीं। इसके कुछ ही क्षण पहले करुणा के मारे उनकी आंखों में जो आंसू भर आए थे, तुरन्त ही न जाने वे कहां उड़ गए। तीक्ष्ण स्वर में कहने लगीं, "ऐसी लापरवाही से काम करने से तो

नहीं चल सकता, विपिन की बहू! बहूरानी एक दाना भी मुंह में न दे सकीं, ऐसी बुरी रसोई बनाई है!"

दरवाज़े के बाहर से इस तिरस्कार का कोई जवाब नहीं आया, परन्तु दूसरे के अपमान के भार से लज्जा और वेदना के मारे हरिलक्ष्मी का अपने कमरे के ही भीतर सिर नीचा हो गया।

बुआजी ने फिर कहा, "नौकरी करने चली हो, सो चीज़-बस्त की बिगाड़ से काम न चलेगा, बेटी, और भी पांच जनी जैसे काम करती हैं, तुम्हें भी वैसे ही करना चाहिए, सो कहे देती हूं।"

विपिन की स्त्री ने अबकी बार धीरे-से कहा, "जी-जान से कोशिश तो ऐसी ही करती हूं बुआजी, आज मालूम नहीं कैसे क्या हो गया।" इतना कहकर उसके नीचे चले जाने पर, लक्ष्मी के उठकर खड़े होते ही बुआजी 'हाय-हाय' कर उठीं। लक्ष्मी ने विनम्रता के साथ कहा, "क्यों अफ़सोस कर रही हो बुआजी, मेरी तबीयत ठीक नहीं, इससे नहीं खा सकी। मंझली बहू की रसोई में कोई ख़राबी नहीं है।"

हाथ-मुंह धोकर हरिलक्ष्मी अपने एकान्त कमरे में गई, तो उसका दम-सा घुटने लगा। सब तरह का अपमान सहते हुए भी शायद विपिन की स्त्री का इस घर में नौकरी करना चल सकता है, पर आज के बाद गृहिणीपन का व्यर्थ श्रम करके इस घर में उसके दिन कैसे बीतेंगे? मंझली बहू के लिए तो फिर भी एक सान्त्वना है, बिना क़सूर के दुख सहने की सान्त्वना, परन्तु स्वयं लक्ष्मी के लिए कहां क्या बाक़ी रह गया!

रात को लक्ष्मी पति के साथ बात क्या करती, उससे अच्छी तरह उनकी तरफ़ देखा भी न गया। आज उसके मुंह के एक शब्द से विपिन की स्त्री का सब दुख दूर हो सकता था, किन्तु निरुपाय अबला नारी से जो आदमी इतना ज़बरदस्त बदला ले सकता है, जिसके पौरुष में यह बात खटकती तक नहीं, उससे भीख मांगने की हीनता स्वीकार करने में लक्ष्मी की किसी कद्र प्रवृत्ति नहीं हुई। शिवचरण ने ज़रा हंसकर पूछा, "मंझली बहू से भेंट हुई? कहो, कैसे रसोई बनाती है?"

हरिलक्ष्मी जवाब न दे सकी। वह सोचने लगी, यही आदमी उसका पति है, और ज़िन्दगी-भर इसके साथ रहकर घर-गृहस्थी चलानी होगी! सोचते-सोचते उसका मन कहने लगा–पृथ्वी, फट पड़ो!

दूसरे दिन, सबेरे उठते ही लक्ष्मी ने दासी के द्वारा बुआजी को कहला भेजा, उसे बुख़ार आ गया है, वह कुछ खाएगी नहीं।

बुआजी ने उसके कमरे में आकर जिरह करते-करते नाक में दम कर दिया। उसके चेहरे के रुख से और कंठ-स्वर से उन्हें न जाने कैसा एक सन्देह-सा हो गया, उनकी बहूरानी शायद कुछ छिपाने की-कोशिश कर रही है। बोलीं, "लेकिन तुम्हें तो सचमुच बुख़ार आया नहीं, बहूरानी?"

लक्ष्मी ने सिर हिलाकर ज़ोर से कहा, "मुझे बुख़ार है, मैं कुछ न खाऊंगी।"

डॉक्टर के आने पर उसे बाहर से ही विदा करते हुए कहा, "आप तो जानते हैं, आपकी दवा से मुझे कुछ फ़ायदा नहीं होता, आप जाइए।"

शिवचरण ने आकर बहुत-कुछ पूछा-ताछा, पर किसी भी बात का उसे उत्तर नहीं मिला।

और भी दो-तीन दिन जब इसी तरह बीत गए, तब घर के सभी लोग जाने कैसी एक अज्ञात आशंका से उद्विग्न हो उठे।

उस दिन, दिन के क़रीब तीसरे पहर, लक्ष्मी गुसलख़ाने से निकलकर चुपचाप दबे पांच आंगन के एक किनारे से ऊपर आ रही थी, बुआजी रसोईघर के बरामदे से उसे देखकर चिल्ला उठीं, "देखो बहूरानी, विपिन की बहू की क़रतूत देखो! ऐं, मंझली बहू अन्त में चोरी करने पर उतर आई!"

हरिलक्ष्मी पास जाकर खड़ी हो गई। मंझली बहू ज़मीन पर चुपचाप नीचे मुंह किए बैठी थी, एक बर्तन में कुछ खाना अंगोछे से ढंका रखा था। बुआजी ने उसे दिखाते हुए कहा, "तुम्हीं बताओ बहूरानी, इतना भात और तरकारी एक आदमी खा सकता है? घर लिए जा रही है लड़के के लिए... जब कि बार-बार इसे मना कर दिया गया है। शिवचरण के कान

में भनक पड़ने पर फिर ख़ैर नहीं, गर्दन पकड़कर निकाल बाहर करेगा। बहूरानी, तुम मालकिन हो, तुम्हीं इसका न्याय कर दो।" इतना कहकर बुआजी ने मानो अपना एक कर्तव्य समाप्त करके दम लिया।

बुआजी का चीत्कार सुनकर घर के नौकर, नौकरानी और भी लोग-बाग़ जो जहां थे सब आकर इकट्ठे हो गए और लगे तमाशा देखने। उन सबके बीच में बैठी थी उस घर की मंझली बहू और उनकी मालकिन यानी इस घर की गृहिणी।

लक्ष्मी को इस बात का स्वप्न में भी ख़याल न था कि इतनी छोटी, इतनी तुच्छ चीज़ के बारे में इतना बड़ा भद्दा कांड हो सकता है। अभियोग का जवाब तो क्या देती, मारे अपमान, अभिमान और लज्जा के वह मुंह भी न उठा सकी। लज्जा और किसी के लिए नहीं, स्वयं अपने ही तईं थी। आंखों से उसके आंसू गिरने लगे। उसे मालूम होने लगा, इतने लोगों के सामने वही मानो पकड़ी गई है और विपिन की बहू उसका विचार करने बैठी है।

दो-तीन मिनट तक इसी तरह रहकर सहसा बड़ी कोशिश से अपने को सम्हालकर लक्ष्मी ने कहा, "बुआजी, तुम सब लोग यहां से चली जाओ।"

उसका इशारा पाते ही जब सब चले गए, तब लक्ष्मी धीरे-से मंझली बहू के पास आकर बैठ गई। फिर हाथ से उसका मुंह उठाकर देखा, उसकी भी दोनों आंखों से टपटप आंसू गिर रहे थे। लक्ष्मी बोली, "मंझली बहू, मैं तुम्हारी जीजी हूं..." इतना कहकर उसने अपने आंचल से उसके आंसू पोंछ दिए।

मुक़दमे का नतीजा

वृद्ध वृन्दावन सामन्त के मरने के बाद उसके दोनों लड़के शिबू और शम्भू सामन्त रोज़मर्रा लड़ते-झगड़ते पांच-छः महीने एक चौके और एक ही मकान में बने रहे और उसके बाद एक दिन दोनों न्यारे हो गए। गांव के जमींदार स्वयं चौधरी साहब ने आकर दोनों की सम्मिलित खेती-बाड़ी, ज़मीन-जायदाद, बाग़-तालाब सबका बंटवारा कर दिया। पुराने घर को छोड़कर छोटा भाई, शम्भू सामन्त, सामने के तालाब के उधर मिट्टी का घर बनाकर, छोटी बहू और बाल-बच्चों के साथ उसमें रहने लगा।

सभी चीज़ों का बंटवारा हो गया, सिर्फ़ एक छोटे-से बांस के झाड़ का हिस्सा न हो सका। कारण शिबू ने आपत्ति करते हुए कहा, "चौधरी जी, बांस के झाड़ की मुझे बहुत ही ज़रूरत है। घर-बार सब पुराना हो गया है, छप्पर को फिर से बनवाना है, खूंटी-ऊंटी के लिए भी बांस मुझे चाहिए ही। गांव में किससे मांगने जाऊंगा, बताइए?"

शम्भू ने प्रतिवाद के लिए उठकर बड़े भाई के मुंह की तरफ़ हाथ हिलाते हुए कहा, "अहा-हा, इन्हीं को खूंटी-ऊंटी के लिए बांस की ज़रूरत होगी, और मेरे घर का काम केले के पेड़ से ही चल जाएगा, क्यों? सो नहीं हो सकता, चौधरी साहब, बांस के झाड़ के बिना तो हां, मैं कहे देता हूं, मेरा भी काम चल नहीं सकता।"

मीमांसा यहीं तक होते-होते रह गई। लिहाज़ा यह सम्पत्ति दोनों की

शामिल बनी रही। फल यह हुआ कि शम्भू यदि उसकी एक टहनी पर भी हाथ लगाता तो शिबू भइया गंड़ासा लेकर दौड़ पड़ते और शिबू की स्त्री कभी बांस के पास पांव रखती तो शम्भू लाठी लेकर मारने दौड़ता।

उस दिन सबेरे इसी बांस के झाड़ के पीछे दोनों परिवारों में बड़ा भारी दंगा हो गया। षष्ठी देवी की पूजा या ऐसे ही किसी एक देवकार्य के लिए बड़ी बहू गंगामणि को थोड़े-से बांस के पत्ते चाहिए थे। गंवई-गांव में यह चीज़ कोई दुर्लभ वस्तु नहीं थी, आसानी से और कहीं से भी पत्ते लिए जा सकते थे, परन्तु अपने यहां मौजूद रहते हुए दूसरे के सामने हाथ पसारने में उसे शर्म मालूम हुई। ख़ासकर उसे इस बात का भरोसा था कि देवर अब तक ज़रूर खलिहान चला गया होगा, छोटी बहू अकेली क्या कर सकती है।

मगर मालूम नहीं किस वजह से शम्भू को उस दिन खलिहान जाने में देर हो गई थी। वह बासी भात खाकर हाथ-मुंह धोना ही चाहता था कि इतने में छोटी बहू तालाब के घाट से गिरते-पड़ते भागी आई और उसने पति से सब हाल कह सुनाया। शम्भू के हाथ का लोटा वहीं पड़ा रहा, हाथ-मुंह धोना जहां-का-तहां रहा, वह चिल्लाकर सारे मुहल्ले को जगाता हुआ तीन कुदान में घटनास्थल पर जा पहुंचा और जूठे ही हाथों से उसने भौजाई के हाथ से बांस के पत्ते छीनकर फेंक दिए, साथ ही भौजाई के प्रति ऐसे वाक्य कह डाले जो और चाहे कहीं से भी सीखे हों, पर यह बिना किसी सन्देह के कहा जा सकता है कि रामायण के लक्ष्मण-चरित्र से हरगिज़ नहीं सीखे।

इधर बड़ी बहू रोती-रोती घर पहुंची और तुरन्त ही खलिहान में पति के पास ख़बर भेज दी। शिबू हल छोड़कर हंसिया हाथ में लिए आया और बांस के झाड़ के पास खड़े होकर उसने अनुपस्थित भाई के लिए शस्त्र घुमाते हुए ऐसा शोर मचाना शुरू किया कि चारों तरफ़ आदमी इकट्ठे हो गए। इससे भी जब अरमान पूरा न हुआ तो वह सीधा जमींदार के यहां नालिश करने पहुंचा और यह कहकर डरा गया कि चौधरी साहब इसका

न्याय करें तो ठीक, नहीं तो वह सदर कचहरी में जाकर एक नम्बर का मुक़दमा चलाएगा और तब कहीं उसका नाम शिबू सामन्त होगा।

उधर शम्भू बांस के पत्ते छीनने का कर्तव्य पूरा करके तुरन्त ही बैल लेकर हल जोतने चला गया। स्त्री के मना करने पर भी उसने सुना नहीं। घर में छोटी बहू अकेली थी। इतने में जेठजी ने आकर गरजकर मुहल्ला इकट्ठा कर लिया और वीरदर्प के साथ इकतरफ़ा विजय प्राप्त कर चले आए। छोटी बहू होने से वह सबकुछ कानों से सुनकर भी कुछ जवाब न दे सकी। उससे इसके मनस्ताप की और पति के विरुद्ध अप्रसन्नता की सीमा न रही। उसने रसोईघर की तरफ़ पांव भी न रखा, मुंह उदास करके बरामदे में पैर फैलाकर बैठ गई।

शिबू के घर भी यही दशा हुई। बड़ी बहू प्रतिज्ञा किए बैठी पति की बाट जोह रही है कि या तो इसका कुछ फ़ैसला होना चाहिए, नहीं तो वह इस घर में पानी तक न पीएगी और सीधी अपने मायके को चल देगी। दो बांस के पत्तों के लिए देवर के हाथ से इतना अपमान!

डेढ़ पहर दिन चढ़ गया, अभी तक शिबू का कोई पता नहीं। बड़ी बहू छटपटा रही थी, क्या जाने कहीं चौधरी साहब के मकान से सीधे कचहरी तो नहीं चले गए, मामला दाख़िल करने?

इतने में ज़ोर की आहट के साथ बाहर का दरवाज़ा खुला और शम्भू के बड़े लड़के गयाराम ने प्रवेश किया। उसकी उम्र सोलह-सत्रह साल की या ऐसी ही कुछ होगी, मगर इस उमर में भी उसका क्रोध और भाषा उसके बाप को भी लांघ गई थी। वह गांव के ही माइनर स्कूल में पढ़ता है। आजकल सबेरे का स्कूल ठहरा, साढ़े दस बजे ही स्कूल की छुट्टी हो गई थी।

गयाराम जब साल-भर का था तभी उसकी मां मर गई थी। उसका बाप शम्भू दुबारा शादी करके नई बहू तो घर ले आया, पर इस मां-मरे बच्चे को पालने का भार ताई पर ही आ पड़ा और तब से दोनों भाई जब

तक अलग न हुए, तब तक उसका भार वही सम्हालती आई है। विमाता के साथ कभी उसका कोई ख़ास सम्बन्ध नहीं रहा, यहां तक कि उनके न्यारे होकर नये मकान में चले जाने पर भी जहां उसकी लाग लग जाती है वहीं वह खा-पी लिया करता है।

आज वह स्कूल से घर गया सौतेली मां का मुंह और खाने का इन्तज़ाम देखकर हुताशन के समान प्रज्वलित हो उठा और इस घर में आया। यहां ताई का मुंह देखकर उसकी उस आग में पानी न पड़ा, बल्कि मिट्टी का तेल पड़ गया। उसने ज़रा भी भूमिका न बांधकर कहा, "भात दे ताई।"

ताई ने बात नहीं की, जैसे बैठी थी वैसे ही बैठी रही।

क्रुद्ध गयाराम ने ज़मीन पर पैर पटकते हुए कहा, "भात देगी या नहीं देगी, सो बता?"

गंगामणि ने सिर उठाकर मारे ग़ुस्से के ग़रजकर कहा,"तेरे लिए भात रांधे बैठी जो हूं न, सो दे दूं: तेरी सौतेली अम्मां अभागी भात न दे सकी, जो यहां आया है फसाद मचाने?"

गयाराम ने चिल्लाकर कहा, "उस अभागी की बात मैं नहीं जानता। तू देगी कि नहीं, बता? नहीं देगी तो जाता हूं तेरी सब हंडियां-मटकियां तोड़ने।" यह कहता हुआ वह भिसौरे के पास जाकर ईंधन के ढेर में से एक लकड़ी उठाकर तेज़ी से रसोईघर की तरफ़ चल दिया।

ताई डर के मारे ज़ोर से चिल्ला उठी, "गया! हरामज़ादे, डकैत! ज़्यादा उधम किया तो समझ लेना हां! दो दिन भी तो नहीं हुए, मैंने नई हंडियां-मटकियां निकाली हैं, एक भी कोई टूट-फूट गई, तो तेरे ताऊ से कहकर तेरी टांग न तुड़वा दी तो कहना, हां!"

गयाराम ने रसोईघर की सांकल पर हाथ रखा ही था कि सहसा एक नई बात उसे याद आ गई और उसने अपेक्षाकृत शान्तभाव में आकर कहा, "अच्छा, भात नहीं देती, तो मत दे, जा। मुझे नहीं चाहिए। नदी

किनारे बड़ के नीचे बाम्हनों की लड़कियां भर-भर टोकरा चिउड़ा-मुड़की[1] ले जाकर पूजा कर रही हैं, जो मांगता है उसी को दे रही हैं, देख आया हूं। वहीं जाता हूं, उन्ही के पास।"

गंगामणि को उसी वक़्त याद आया कि आज अरण्य-षष्ठी है और क्षण-भर में उसका मिजाज़ 'कड़ी' से 'कोमल' में उतर आया। फिर भी मुंह का ज़ोर ज्यों-का-त्यों बनाकर उसने कहा, "चला न जा। कैसे जाता है देखूंगी?"

"देखना, तब!" कहकर गया ने एक फटा अंगोछा उठाकर कमर से लपेट लिया। उसके जाने के लिए तैयार होते ही गंगामणि ने उत्तेजित होकर कहा, "आज यदि छठ के दिन दूसरों के यहां से मांगकर खाया, तो तेरी क्या दुर्गत करती हूं देखना, अभागे!"

गया ने जवाब नहीं दिया। रसोईघर में घुसकर वह हथेली-भर तेल लेकर सिर पर रगड़ता हुआ जा ही रहा था, इतने में उसकी ताई ने आंगन में आकर डराते हुए कहा, "डाकू कहीं के! देवी-देवता के साथ गंवारपन! वहां डुबकी लगाकर लौट न आया तो अच्छा नहीं होगा, कहे देती हूं। आज मैं वैसे ही ग़ुस्से में हूं।"

मगर गयाराम डरनेवाला लड़का ही नहीं। वह सिर्फ़ दांत निकालकर ताई को ठेगा दिखाकर भाग गया।

गंगामणि उसके पीछे-पीछे सड़क तक दौड़ी आई और लगी चिल्लाने, "आज छठ के दिन किसके लड़के भात खाते हैं, जो तू भात खाना चाहता है? पटाली-गुड़[2] के सन्देस से, केले से, दूध दही से फलाहार नहीं कर सकता, जो तू जा रहा है पराये घर मांगकर खाने? केवट के घर तू ऐसा नवाब पैदा हुआ है?"

---

1. मुड़की-धान की खीलों को गुड़ की चाशनीं में पागकर बनाई जानेवाली एक मिठाई।
2. एक तरह का गुड़ जो थाली में जमाकर बनाया जाता है।

गया कुछ दूर जा मुड़कर खड़ा हो गया, बोला, "तो तूने दिया क्यों नहीं मुंहजली? क्यों कहा कि कुछ नहीं है?"

गंगामणि गाल पर हाथ रखकर दंग रह गई, बोली, "सुनो लड़के की बातें! मैंने कब कहा तुझसे कि कुछ नहीं है? नहाने का ठिकाना नहीं, कुछ बात न चीत, डकैत की तरह घर में घुसा नहीं कि दे भात! भात क्या आज खाया जाता है, जो देती? मैं कहती हूं सबकुछ मौजूद है, तू नहा तो आ।"

गया ने कहा, "फलहार तेरा सड़ जाए। रोज़-रोज़ अभागिनें लड़ाई-झगड़ा करेंगी और रसोईघर की सांकल चढ़ाकर पैर पसारकर बैठ जाएंगी और मैं दोपहर बाद सूखा भात खाऊंगा! जाओ, मैं तुम लोगों में से किसी के यहां नहीं खाना चाहता, जाओ।" कहकर वह दनदनाता हुआ फिर जाने लगा। यह देखकर गंगामणि वहीं खड़ी-खड़ी रोते-से स्वर में चिल्लाने लगी, "आज छठ के दिन किसी के यहां मांग-खाकर असगुन मत कर, गया! राजा बेटा कैसा है मेरा! अच्छा तो चार पैसे दूंगी... सुन तो..."

गायराम ने मुंह भी न फेरा, जल्दी से चलता चला गया। चलते-चलते कहता गया, "नहीं चाहिए मुझे फलाहार, नहीं चाहिए पैसा। तेरे फलाहार पर मैं..." आदि-आदि।

उसके आंखों से ओझल हो जाने पर गंगामणि घर लौट आई और मारे दुख और ग़ुस्से के निर्जीव की तरह बरामदे में आकर बैठ गई और गया के इस बुरे बरताव से मर्माहत होकर उसकी सौतेली मां को कोसने और गाली देने लगी।

उधर नदी की ओर चलते-चलते रास्ते में ताई की बातें गया के कानों में गूंजने लगीं। एक तो अच्छे खाने की तरफ़ स्वभाव से ही उसका लालच था, फिर पटाली-गुड़ के सन्देस, दूध-दही, केले उस पर चार पैसे दक्षिणा! उसका मन बहुत ही जल्द नर्म होने लगा।

नहा-धोकर गयाराम बड़ी ज़ोर की भूख लेकर घर लौटा। आंगन में आकर चिल्लाया, "फलाहार का सामान जल्दी ले आ ताई, बड़ी ज़ोर की

भूख लगी है मुझे, लेकिन पटाली-सन्देश कम देगी, तो आज तुझे ही खा जाऊंगा।"

गंगामणि गाय की टहल के लिए ग्वाल-घर में घुसी ही थी, गया की चिल्लाहट सुनकर मन-ही-मन अपनी ग़लती समझ ली। घर में दूध-दही, चिउड़ा-गुड़ तो था, पर केले न थे और न पटाली-गुड़ के सन्देस ही थे। तब तो गया को रोकने के लिए उसे चाहे जैसा लोभ दे दिया, पर अब?

उन्होंने वहीं से आवाज़ दी, "तब तक तू कपड़े तो बदल, मैं तालाब से हाथ धोकर आती हूं।"

"जल्दी आ!" हुक्म चलाकर गया ने कपड़े बदले और वह स्वयं अपने हाथ से आसन बिछा, लोटे में पांनी रख, तैयार होकर बैठ गया। गंगामणि जल्दी-जल्दी हाथ धोकर लौट आई और उसे ख़ुश देखकर ख़ुद भी ख़ुश होकर बोली, "देख तो, कैसा राजा बेटा हो गया! बात-बात पर ग़ुस्सा करते हैं कहीं!" कहती हुई वह भंडार घर से खाने का सामान निकाल लाई।

गयाराम ने लम्हे-भर में सब सामान देख लिया और तीखे स्वर में पूछा, "केले कहां हैं?"

गंगामणि ने इधर-उधर करके कहा, "ढांकना भूल गई थी बेटा, चूहे सब खा गए। अब एक बिल्ली पाले बिना काम नहीं चलेगा।"

गया ने हंसकर कहा, "चूहे कहीं केले खाते हैं? तेरे यहां थे ही नहीं, कहती क्यों नहीं?"।

गंगामणि ने अचम्भे के साथ कहा, "क्यों, क्या हुआ? क्या चूहे केले नहीं खाते?"

गया ने दही-चिउड़ा मिलाते हुए कहा, "अच्छा खाते हैं, खाते हैं। मुझे केले नहीं चाहिए, पटाली-गुड़ के सन्देस ले आ। कमती मत लाना, कहे देता हूं।"

ताई फिर भंडार घर में गई और कुछ देर तक झूठ-मूठ को हंडिया-मटकिया हिला-डुलाकर डर के साथ बोल उठी, "हाय, सन्देस भी

चूहे खा गए बेटा, रत्ती-भर भी नहीं छोड़ा, जाने कब हंडिया का मुंह खुला छोड़ गई... मेरी याद पर पत्थर...”

ताई की बात पूरी भी न होने दी, वह एकाएक त्यौरियां चढ़ाकर चिल्ला उठा, “पटाली-गुड़ कहीं चूहे खाते हैं डाइन... मेरे साथ चालाकी? तेरे पास कुछ था नहीं, तो तूने मुझे बुलाया क्यों?”

ताई ने बाहर आकर कहा, “सच्ची कहती हूं गया...”

गया उछलकर खड़ा हो गया, बोला, “फिर भी कह रही, ‘सच्ची?’ जा, मैं तेरा कुछ भी नहीं खाना चाहता।” कहकर पांव से उसने सब सामान आंगन में फेंक दिया और कहा, “अच्छा मैं मज़ा चखाता हूं, देख न!” कहता हुआ ईंधन की लकड़ी उठाकर भंडार घर की तरफ़ लपका।

गंगामणि ‘हैं-हैं’ करती हुई उसके पास जा पहुंची, लेकिन पल-भर में क्रुद्ध गयाराम ने हंडियां-मटकियां सब तोड़-फोड़कर बराबर कर दीं और उसे रोकने में ताई के हाथ में थोड़ी-सी चोट भी आ गई।

ठीक इस समय शिबू जमींदार के यहां से वापस आया। शोरगुल सुनकर उसने चिल्लाकर पूछा कि क्या बात है? गंगामणि पति की आवाज़ सुनते ही रो उठी और गयाराम हाथ की लकड़ी फेंककर सरपट भाग खड़ा हुआ।

शिबू ने ग़ुस्से-भरी आवाज़ में पूछा, “बात क्या है?”

गंगामणि ने रोते हुए कहा, “गया मेरा सरबस तोड़-फोड़कर हाथ में लकड़ी मारकर भाग गया है... यह देखो, हाथ सूज गया है।” कहकर उसने पति को अपना हाथ दिखलाया।

शिबू के पीछे उसका छोटा साला था। होशियार और पढ़ा-लिखा होने से जमींदार के यहां जाते वक़्त शिबू उसे परले मोहल्ले से बुलाकर अपने साथ ले गया था। उसने कहा, “सामन्त साहब, यह सब छोटे सामन्त की कारसाजी है। लड़के को भेजकर उसी ने यह काम कराया है। क्यों जीजी, यही बात है न?”

गंगामणि का इस समय कलेजा जल रहा था, उसने उसी वक़्त सिर

हिलाकर कहा, "ठीक है भइया, उसी मुंहजले ने लड़के को सिखाकर मुझे मार दिलाई है। इसका कुछ होना ज़रूर चाहिए, नहीं तो मैं रस्सी लगाकर मर जाऊंगी।"

इतनी अबेर हो चुकी थी, अब तक शिबू का नहाना-खाना कुछ भी नहीं हुआ था, जमींदार के यहां से भी न्याय नहीं हुआ, उस पर घर पर क़दम रखते-न रखते यह एक नया कांड। अब तो उसे हित-अहित का भी ज्ञान न रहा। उसने एक बड़ी भारी क़सम खाकर कहा, "ये लो, मैं चला अब सीधे थाने को, दारोगा के पास। इसका नतीजा न चखाया, तो मैं वृन्दावन सामन्त का लड़का ही नहीं।"

उसका साला पढ़ा-लिखा आदमी था और गया से उसकी पहले से ही दुश्मनी थी, उसने कहा, "क़ानूनन यह अनधिकार प्रवेश है। लाठी लेकर किसी के घर पर चढ़ आना, चीज़-बस्त तोड़ना, औरतों पर हाथ उठाना, इसकी सज़ा है छः महीने की क़ैद। सामन्त साहब, तुम कमर कसके खड़े हो जाओ, फिर मैं दिखा दूंगा कि बाप-बेटे दोनों कैसे एक साथ जेल में ठूंसे जाते हैं।"

शिबू फिर किसी बात की दुविधा न करके साले का हाथ पकड़कर सीधा चल दिया थाने को।

गंगामणि को सबसे ज़्यादा ग़ुस्सा था देवर और छोटी बहू पर। वह इसी बात को लेकर एक ज़बरदस्त तूफ़ान खड़ा करने की गर्ज से, अपने दरवाज़े पर सांकल चढ़ाकर और हाथ में जलाने की एक लकड़ी लेकर शम्भू के आंगन में जाकर खड़ी हो गई। ऊंचे स्वर में बोली, "क्यों जी छोटे लाला, लड़के से मुझे मार खिलवाओगे? अब बाप-बेटे एक साथ हाजत में जाओ।"

शम्भू अभी हाल ही अपने इस दूसरे विवाह के लड़के के साथ फलाहार करके उठा था, भौजाई की मूर्ति और उसके हाथ में जलती लकड़ी देखकर हतबुद्धि-सा खड़ा रह गया। बोला, "क्या हुआ है? मुझे तो कुछ भी नहीं मालूम।"

गंगामणि ने मुंह बनाकर जवाब दिया, "ज़्यादा छिंदराओ मत! रहने दो। दारोगा साहब आ रहे हैं। उनके सामने कहना, कुछ नहीं मालूम।"

छोटी बहू घर से निकलकर एक खम्भे के सहारे चुपचाप खड़ी हो गई। शम्भू भीतर-ही-भीतर डर गया, उसने गंगामणि के पास आकर एक हाथ थामकर कहा, "अपनी क़सम खाता हूं बड़ी बहू, हम लोग कुछ भी नहीं जानते।"

बात सच्ची है, इस बात को बड़ी बहू ख़ुद भी जानती थी, परन्तु तब उदारता का समय नहीं था। उसने शम्भू के मुंह पर ही उस पर सोलहों आने दोष लादकर झूठ-सच मिलाकर गयाराम की करतूत का बखान किया। इस लड़के को जो जानते हैं, उनके लिए इस घटना पर अविश्वास करना कठिन था।

स्वल्पभाषिणी छोटी बहू ने अब अपना मुंह खोला, अपने पति से कहा, "कैसी भई, जैसा कहा था, हो न गया। कितने दिन से कह रही हूं ओ जी, उस डाकू को घर में मत घुमने दो, तुम्हारे छोटे बच्चे को नाहक मार-मारकर किसी दिन खून कर डालेगा। तो ध्यान में ही नहीं लेते, अब मेरी बात पक्की हो गई न?"

शम्भू ने विनय के साथ गंगामणि से कहा, "तुम्हें मेरी क़सम है भाभी, भइया सचमुच ही थाने चले गए क्या?"

देवर के करुण कंठ-स्वर से कुछ नरम होकर बड़ी बहू ने ज़ोर देते हुए कहा, "तुम्हारी क़सम लाला जी, गए हैं। संग में हमारा पंचू भी गया है।"

शम्भू बहुत ही डर गया। छोटी बहू पति को लक्ष्य करके कहने लगी, "रोज़-रोज़ कहा करती हूं जीजी, नदी के उस पास कहीं सरकारी पुल बन रहा है, कितने ही लोग काम करने जाते हैं, वहीं ले जाकर उसे भी काम में लगा दो। वे चाबुक लगाएंगे और काम लेंगे, भागने का कोई रास्ता ही नहीं, दो ही दिन में सीधा हो जाएगा। सो तो नहीं, स्कूल भेज रहे हैं पढ़ने को। लड़का जैसे वकील-मुख्तार ही हो जाएगा!"

शम्भू ने कातर कंठ से कहा, "अरे, वहां क्या यों ही नहीं भेजा! सभी क्या वहां से घर लौट पाते हैं? आधे आदमी तो मिट्टी में दबकर न जाने कहां चले जाते हैं, कुछ पता नहीं लगता।"

छोटी बहू ने कहा, "तो जाओ, बाप-बेटा मिलकर क़ैद भुगतो जाकर।"

बड़ी बहू चुप रही। शम्भू ने फिर उसका हाथ थामकर कहा, "मैं कल ही छोकरे को ले जाकर पांचरा के पुल के काम में लगा आऊंगा भाभी, भइया को किसी तरह ठंडा कर लो, फिर कभी ऐसा नहीं होगा।"

उसकी स्त्री ने कहा, "लड़ाई-झगड़ा तो सब उस धींगड़े के पीछे ही होता है, तुमसे भी तो कितनी ही बार कहा है जीजी, उसे घर में घुसने मत दिया करो, ज़्यादा सिर पर चढ़ाना ठीक नहीं। मैं कुछ कहती नहीं, इसी से, नहीं तो पिछले महीने तुम्हारे यहां रात को मर्तवान केले की गहर कौन तोड़ लाया था? इसी डकैत का काम था। जैसा कुत्ता है, वैसा ही डंडे बिना काम थोड़े ही चलता है। पुल के काम पर भेज दो, मुहल्ला सुख की नींद सोवेगा।"

शम्भू ने मां की क़सम खाकर कहा कि कल जैसे होगा वैसे लड़के को गांव से बाहर निकालकर तब वह पानी पीएगा।

गंगामणि इस बात पर भी कुछ नहीं बोली, हाथ की लकड़ी फेंककर चुपचाप घर चली गई।

पति, भाई, अभी तक किसी ने मुंह में पानी नहीं दिया। तीसरे पहर वह विषण्ण मुख से उन्हीं को खिलाने की तैयारी कर रही थी, इतने में इधर-उधर झांकते हुए गयाराम ने प्रवेश किया। यह जानकर कि घर में और कोई नहीं है उसने साहस के साथ ताई के एकदम पीछे आकर कहा, "ताई!"

ताई चौंक पड़ी, मगर बोली नहीं। गयाराम पास ही थका हुआ-सा धप्प से बैठ गया। बोला, "अच्छा, जो कुछ है वही दे, मुझे बड़े ज़ोर की भूख लगी है!"

खाने की बात सुनकर गंगामणि का शान्त क्रोध फिर से धधक उठा।

उन्होंने गया की तरफ़ बिना देखे ही ग़ुस्से के साथ कहा, "बेहया जलमुंहा, फिर मेरे पास आया, भूख लगी है। दूर हो, निकल यहां से।"

गया ने कहा, "निकल जाऊं तेरे कहने से?"

ताई ने डांटकर कहा, "हरामजादे, पाजी, मैं अब दूंगी तुझे खाना?"

गया ने कहा, "तू नहीं देगी तो कौन देगा? क्यों तू चूहे का नाम लेकर झूठ बोली? क्यों अच्छी तरह नहीं कहा कि बेटा, इसी से खा ले, आज और कुछ है नहीं तब तो मुझे ग़ुस्सा नहीं आता। दे न जल्दी, डाइन, मेरा पेट जो जला जाता है!"

ताई कुछ देर मौन रहकर मन-ही-मन ज़रा नरम होकर बोली, "पेट जल रहा है, तो अपनी सौतेली मां के पास जा।"

सौतेली मां का नाम सुनते ही पल-भर में गया आग-बबूला हो उठा। बोला, "उस अभागिन का अब मैं मुंह नहीं देखूंगा। मैं तो सिर्फ़ मछली पकड़ने का कांटा लेने गया था, सो कहती है, 'निकल-निकल, अब जा जेल का भात खाने, जा!' मैंने कहा, 'मैं तेरा भात खाने नहीं आया, मैं जाता हूं ताई के पास।' मुंहजली कैसी शैतान है। उसी ने जाकर इतनी उलटी-सीधी भिड़ाई है, तभी तो बाबू जी ने आकर तेरे हाथ से पत्ते छीने थे!" इतना कहकर उसने ज़ोर से जमीन पर पैर पटका और कहा, "डाइन, तू अपने-आप पत्ते लाने क्यों गई? झूठ-मूठ को जाकर अपनी इज़्ज़त आप खोई। मुझसे क्यों नहीं कह दिया? उस बांस के झाड़ में आग लगाकर मैंने सब-का-सब न जला दिया, तो मेरा नाम नहीं, देख लेना! उस अभागी ने मुझसे क्या कहा, जानती है ताई? कहा है 'तेरी ताई ने थाने में ख़बर दे दी है, दारोगा आकर तुझे बांध ले जाएगा, जेल में ठूंस देगा।' सुन ली अभागी की बात!"

गंगामणि ने कहा, "तेरे ताऊ पंचू को साथ लेकर थाने को ही गए हैं। तू मेरे ऊपर हाथ उठाता है, इतनी हिम्मत तेरी?"

पंचू मामा को गया बिलकुल ही देख नहीं सकता था। वह भी इसमें

शामिल हुआ है, सुनकर उसके आग-सी लग गई। बोला, "क्यों तू ग़ुस्से के बखत मुझे रोकने दौड़ी थी?"

गंगामणि ने कहा, "इसलिए तू मुझे मारेगा, क्यों? अब जा, हवालात में बन्द रहना जाकर।"

गया ने ठेंगा दिखाकर कहा, "ऊंह, तू मुझे हवालात में देगी? दे न, देकर ज़रा मज़ा देख न! आप ही रो-रोकर मर मिटेगी, मेरा क्या होगा!"

गंगामणि ने कहा, "मेरी बला रोती है। जा, मेरे सामने से चला जा, कहती हूं, दुश्मन कहीं का!"

गया ने चिल्लाकर कहा, "तू पहले खाने को दे न, तब तो जाऊंगा। भोर में उठकर दो दाने मुरमुरों के ही तो खाए थे, भूख नहीं लगती मुझे?"

गंगामणि कुछ कहना ही चाहती थी, इतने में शिबू पंचू के साथ थाने से लौट आया और गया पर निगाह पड़ते ही वह बारूद की तरह जल उठा, बोला, "हरामजादे, पाजी कहीं के, फिर मेरे घर में आ घुसा! निकल, निकल यहां से! पंचू, पकड़ तो सूअर को।"

बिजली की तरह गयाराम दरवाज़े से भाग खड़ा हुआ। चिल्लाता हुआ कह गया, "पंचुआ साले की टांग न तोड़ दी तो मेरा नाम नहीं।"

पलक मारते ही इतनी बातें हो गईं। गंगामणि को ज़बान हिलाने का भी मौक़ा नहीं मिला।

क्रोध में भरे हुए शिबू ने अपनी स्त्री से कहा, "तेरी शह पाकर ही तो ऐसा हो गया है। अब आइन्दा कभी हरामजादे को घर में घुसने दिया तो तुझे बड़ी भारी क़सम है।"

पंचू ने कहा, "जीजी, तुम्हारा क्या बिगड़ेगा, हमारा ही सत्यानाश होगा! कब रात-बिरात में कहीं छिपकर टांग पर लठ मार दे, कोई ठीक है!"

शिबू ने कहा, "कल सबेरे ही अगर पुलिस-पियादे लाकर उसे न बंधवाया, तो मेरा..." आदि-आदि।

गंगामणि पत्थर-सी बैठ रही, एक शब्द भी उसके मुंह से न निकला, डरपोक पंचू उस दिन रात को घर नहीं गया, वहीं पर सो रहा।

दूसरे दिन क़रीब दस बजे दारोगा साहब बाक़ायदा दक्षिणा आदि लेकर पालकी पर सवार होकर दो कोस चलकर कॉन्स्टेबल और चौकीदारों के साथ मौक़े पर तहक़ीकात करने आ पहुंचे। बिना अधिकार के प्रवेश, चीज़-बस्त का नुक़सान, जलती लकड़ी से औरतों को मारना, वगैरह बड़ी-बड़ी धाराओं के अभियोग थे, गांव-भर में बड़ी भारी हलचल-सी मच गई।

मुख्य अभियुक्त गयाराम था, उसे तरकीब के साथ पकड़ लाया गया। वह पुलिस कॉन्स्टेबल, चौकीदार वगैरह को देखते ही रो दिया, बोला, "मुझे कोई फूटी आंख देख नहीं सकते, इसी से ये मुझे हवालात में देना चाहते हैं।"

दारोगा वृद्ध आदमी थे। उन्होंने अभियुक्त की उम्र और रोना देखकर दयार्द्र चित्त से पूछा, "तुमको कोई प्यार नहीं करता गयाराम?"

गया ने कहा, "सिर्फ़ मेरी ताई मुझे प्यार करती है और कोई नहीं।"

दारोगा ने पूछा, "तो फिर ताई को मारा क्यों?"

गया ने कहा, "नहीं, मारा नहीं है।" गंगामणि किवाड़ों की ओट में खड़ी थी, उस तरफ़ देखकर बोला, "तुझे मैंने कब मारा है, ताई।?"

पंचू पास ही बैठा था, उसने ज़रा कटाक्ष से देखकर कहा, "जीजी, हुज़ूर पूछ रहे हैं, सच बात कहना। उसने कल दोपहर को मकान में घुसकर लकड़ी से तुम्हें नहीं मारा था? धर्मावतार के सामने झूठ मत बोलना?"

गंगामणि ने अस्पष्ट आवाज़ में जो कुछ कहा, पंचू ने उसी को स्पष्ट स्वर में दुहरा दिया, "हां, हुजूर, मेरी जीजी कहती है, उसने मारा है।"

गया आग-बबूला होकर चिल्ला उठा, "देख पंचुआ, तेरा मैंने पैर न तोड़ दिया तो..." ग़ुस्से में उसकी बात पूरी न हो पाई, वह रो दिया।

पंचू उत्तेजित होकर बोल उठा, "देख लिया हुज़ूर! देखा आपने! हूज़ूर के सामने ही कह रहा है, पैर तोड़ देगा, हुज़ूर के पीठ पीछे तो खून कर सकता है। उसे बांधने का हुक्म दिया जाए हुज़ूर।"

दारोगा सिर्फ़ ज़रा मुस्कुराए। गया ने आंखें पोंछते हुआ कहा, "मेरी अम्मा नहीं है, इसी से, नहीं तो..." अबकी बार भी उसकी बात पूरी न हो पाई। जिस मां की उसे याद तक नहीं, याद करने की कभी ज़रूरत भी नहीं पड़ी, आज आफत के दिन अकस्मात् उसी को याद करके वह झरझर आंसू बहाता हुआ रोने लगा।

दूसरे अभियुक्त शम्भू के ख़िलाफ़ कोई बात साबित ही नहीं हुई। दारोगा साहब अदालत में नालिश करने का हुक्म देकर रिपोर्ट लेकर चले गए। पंचू ने मामला चलाने और बाक़ायदा उसकी तदबीर करने की सारी ज़िम्मेदारी अपने ऊपर ले ली और वह चारों तरफ़ इस बात का ढिंढोरा-सा पीटता फिरा कि उसकी बहन को बुरी तरह मारने के क़सूर पर गया को कड़ी सज़ा हो जाएगी।

परन्तु गया बिलकुल लापता है। पास-पड़ोस के लोग शिबू के इस आचरण की अत्यन्त निन्दा करने लगे। शिबू उनसे लड़ता फिरने लगा, लेकिन उसकी स्त्री बिलकुल चुपचाप है। उस दिन गया की एक दूर के नाते की मौसी ख़बर पाकर शिबू के घर आई और उसकी स्त्री को जैसी मन में आई भला-बुरा, खरा-खोटा सुनाकर चली गई, मगर गंगामणि बिलकुल मौन बनी रही। शिबू ने पड़ोसी से सब सुनकर ग़ुस्से के साथ अपनी स्त्री से कहा, "तू चुपचाप सब सुनती रही, कुछ जवाब नहीं दिया गया?"

शिबू की स्त्री ने कहा, "नहीं।"

शिबू ने कहा, "मैं घर होता तो उस लुगाई को झाड़ू मारकर विदा करता।"

स्त्री ने कहा, "तो आज से तुम घर ही में बैठे रहा करो और कहीं न जाया करो।" यह कहकर वह अपने काम से चली गई।

उस दिन दोपहर को शिबू घर पर नहीं था। शम्भू आकर बांस के झाड़ से कई एक बांस काटकर ले गया। आवाज़ सुनकर शिबू की स्त्री ने बाहर आकर अपनी आंखों से सब देखा, परन्तु रोकना तो दूर रहा,

आज वह पास तक नहीं फटकी, चुपचाप घर लौट आई। दो दिन बाद शिबू को पता लगा तो वह उछलने लगा। स्त्री से आकर बोला, "तेरे क्या कान फूट गए हैं? घर के बगल से वह बांस काटकर ले गया, और तुझे कुछ मालूम ही नहीं।"

स्त्री ने कहा, "क्यों, मालूम क्यों नहीं होगा, मैंने अपनी आंखों से सब देखा है।"

शिबू ने क्रुद्ध होकर कहा, "तो भी तूने मुझसे नहीं कहा?"

गंगामणि ने कहा, "कहती क्या! बांस का झाड़ क्या तुम्हारा अकेले का है? लालाजी का उसमें हिस्सा नहीं है?"

शिबू मारे आश्चर्य के दंग रह गया, बोला, "तेरा क्या माथा ख़राब हो गया है?"

उस दिन शाम के बाद पंचू सदर-कचहरी से लौटकर हारा-थका-सा धप से आकर बैठ गया। शिबू गाय-बैलों के लिए कड़वी कूट रहा था, अंधेरे में उसके मुंह और आंखों की मुस्कुराहट पर उसकी निगाह नहीं पड़ी। उसने डरते हुए पूछा, "क्या हुआ?"

पंचू ने गम्भीरता के साथ जरा हंसते हुए कहा, "पंचू के रहते जो होना चाहिए, वही हुआ। वारंट निकलवाकर तब कहीं आ रहा हूं। अब वह है कहां मालूम होते ही बस...!"

शिबू को न जाने कैसे एक जिद-सी सवार हो गई थी। उसने कहा, "चाहे जितना ख़र्च हो जाए, लौंडे को एक बार पकड़वाना ही है। उसे जेल ठुंसवाकर तब मैं और काम करूंगा।"

इसके बाद दोनों में तरह-तरह की सलाहें होने लगीं। रात के ग्यारह बज गए, पर भीतर से खाने का तक़ाजा न आते देख शिबू को आश्चर्य हुआ। उसने रसोईघर में जाकर देखा, बिलकुल अंधकार है।

सोने की कोठरी में जाकर देखा, स्त्री ज़मीन पर चटाई बिछाकर सो रही है। क्रोध और आश्चर्य से उसने पूछा, "खाने को हो गया, तो हमें बुलाया क्यों नहीं?"

गंगामणि ने धीरे-से करवट लेते हुए कहा, "किसने बनाया जो हो गया?"

शिबू ने कड़ककर पूछा, "बनाया ही नहीं अभी तक?"

गंगामणि ने कहा, "नहीं, मेरी तबीयत अच्छी नहीं, आज मुझसे नहीं बनेगा।"

मारे भूख के शिबू की नाड़ी तक जल रही थी, उससे अब सहा नहीं गया। पड़ी हुई स्त्री की पीठ पर उसने एक लात जमाते हुए कहा, "आजकल रोज़ ही तबीयत ख़राब रहती है। नहीं बनेगा क्यों नहीं बनेगा, तो जा, निकल जा घर से।"

गंगामणि न तो कुछ बोली ही और न उठकर बैठी। जैसी पड़ी हुई थी, वैसे ही पड़ी रही। उस दिन रात को साले-बहनोई किसी ने भी कुछ नहीं खाया।

सबेरे देखा गया गंगामणि घर में नहीं है। इधर-उधर कुछ देर ढूंढ़ने-ढांढ़ने के बाद पंचू ने कहा, "जीजी ज़रूर हमारे यहां चली गई होगी।" स्त्री के इस तरह के आकस्मिक परिवर्तन का कारण शिबू भीतर-ही-भीतर समझ गया था; इसी से एक ओर उसकी झुंझलाहट जैसे उत्तरोत्तर बढ़ने लगी, नालिश-मुक़दमें की तरफ़ झुकाव भी वैसी ही धीरे-धीरे घटने लगा। उसने सिर्फ़ इतना कहा, "चूल्हे में जाए, मुझे ढूंढ़ने की ज़रूरत नहीं।"

शाम को ख़बर मिली कि गंगामणि मां के घर भी नहीं गई। पंचू ने भरोसा देकर कहा, "तो फिर बुआ के घर चली गई।"

उसकी एक बुआ धनी घर में ब्याही थीं। गांव से क़रीब पांच-छः कोस की दूरी पर एक गांव में वे रहती हैं। पूजा-परब आदि उत्सवों में कभी-कभी गंगामणि को लिवा ले जाया करती हैं। शिबू अपनी स्त्री को बहुत ज़्यादा चाहता था। उसने मुंह से कह तो दिया कि जहां ख़ुशी हो जाने दो! मरने दो! पर भीतर-ही-भीतर वह पछता रहा था। और बेचैन हो उठता था, फिर ग़ुस्से में पांच-छ: दिन बीत गए। इधर कामकाज और

गाय-बैलों के मारे गिरस्ती का काम बिलकुल रुक-सा गया। अन्त में यह हालत हो गई कि दिन भी कटना मुश्किल हो गया।

सातवें दिन वह ख़ुद तो नहीं गया, पर अपने पौरुष को गंगा में बहाकर उसने बुआ के घर बैलगाड़ी भेज दी।

दूसरे दिन सूनी गाड़ी आकर दरवाज़े से लगी, ख़बर मिली कि वहां कोई नहीं है। शिबू सिर थामकर बैठ गया।

तमाम दिन खाना-पीना-नहाना कुछ भी नहीं, मुर्दे की तरह एक तख्त पर पड़ रहा। इतने में पंचू ने अत्यन्त उत्तेजित भाव से घर में घुसकर कहा, "सामन्त साहब, पता लग गया।"

शिबू भड़भड़ाकर उठ बैठा, पूछा, "कहां, किसने ख़बर दी? बीमार-वीमार तो कुछ नहीं हुई? गाड़ी लेकर चलो न। दोनों जने अभी चले चलें।"

पंचू ने कहा, "जीजी की बात नहीं कह रहा हूं। गया का पता लग गया।"

शिबू फिर पड़ रहा। कोई बात उसने नहीं की।

तब पंचू बहुत तरह से समझाने लगा, "इस मौक़े को किसी भी तरह हाथ से नहीं जाने देना चाहिए। जीजी तो एक-न एक दिन आ ही जाएंगी, मगर तब फिर इस बदमाश को पाना मुश्किल हो जाएगा।"

शिबू ने उदास कंठ से कहा, "अभी रहने दो पंचू, पहले वह लौट आए, उसके बाद..."

पंचू ने बाधा देते हुए कहा, "उसके बाद फिर क्या होगा, सामन्त जी? बल्कि जीजी के आने से पहले ही काम ख़तम कर डालना चाहिए। उनके आ जाने पर फिर शायद होगा ही नहीं।"

शिबू राजी हो गया, परन्तु अपने सूने घर की ओर देखकर दूसरे से बदला चुकाने का ज़ोर उसे किसी भी तरह मिल ही नहीं रहा था। अब पंचू ही ज़ोर लगाकर उससे काम ले रहा था।

दूसरे दिन रात रहते ही वे अदालत के पियादे वगैरह को लेकर निकल पड़े। रास्ते में पंचू ने सुनाया, "बड़ी मुश्किल से ख़बर मिली है कि

शम्भू ने उसे नाम बदलकर पांचला के सरकारी पुल के काम में भरती कर दिया है। वहां गिरफ्तार किया जाएगा।"

शिबू बराबर चुप ही बना रहा था, अब भी चुप रहा।

जब वे उस गांव में घुसे, तब दोपहर हो चुकी थी। गांव के एक तरफ बड़ा भारी मैदान था, उसमें बहुत-से आदमी, लकड़ी, लोहा और कल-कारखाने का सामान भरा पड़ा था। चारों तरफ़ छोटी-छोटी झोंपड़ियां-सी बनी हुई थीं, जिनमें मज़दूर वगैरह रहते थे। बहुत पूछ-ताछ करने के बाद एक आदमी ने कहा, "जो लड़का साहब के बंगले में लिखा-पढ़ी का काम करता है, वही तो? उसका घर वह रहा..." कहकर उसने एक छोटी-सी झोंपड़ी दिखा दी।

वे दबे पांव चुपचाप बड़ी मुश्किल से उस झोंपड़ी के सामने पहुंचे। भीतर गयाराम की आवाज़ सुनाई दी। पंचू मारे ख़ुशी के फूलकर पियादे और शिबू के साथ वीर-दर्प से अकस्मात् झोंपड़ी का दरवाज़ा रोककर खड़ा हो गया, पर ज्योंही उसकी निगाह भीतर गई, त्योंही उसका चेहरा विस्मय, क्षोभ और निराशा से काला पड़ गया। उसकी जीजी भात परोसकर एक हाथ से पंखा कर रही है और गयाराम बैठा खा रहा है।

शिबू को देखते ही गंगामणि ने सिर का पल्ला खींचकर सिर्फ़ इतना की कहा, "तुम लोग ज़रा ठंडे होकर नदी में नहा आओ, मैं तब तक फिर से चावल चढ़ाए देती हूं।"

प्रकाश और छाया

शुरू में ही अगर तुम ज़बान पकड़ लो कि ऐसा कभी हो नहीं सकता, तब तो मैं लाचार हूं और अगर कहो कि हो भी सकता है, दुनिया में कितना क्या-क्या होता है, सभी कुछ थोड़े ही जानता हूं, तो इस कहानी को पड़ डालो। मेरा विश्वास है कि इससे किसी भी तरह की कोई बड़ी हानि न होगी और कहानी लिखने के लिए बैठते वक़्त कुछ ऐसी प्रतिज्ञा तो कर ही नहीं ली है कि जो कुछ लिखूंगा, सब खालिस सत्य ही होगा। एक-दो लाइन ग़लत हों तो हों, थोड़ा-बहुत मतभेद हो तो हो, इससे ऐसा क्या बनता-बिगड़ता है।

हां, नायक का नाम है यज्ञदत्त मुखर्जी, मगर सुरमा उसे कहती है 'प्रकाश'। तो नायिका का नाम तो सुन ही लिया, लेकिन यज्ञदत्त उसे 'छाया' कहकर पुकारता है। कुछ दिन तो उसमें भारी कलह रहा, कौन प्रकाश है और कौन छाया, किसी भी तरह इसकी मीमांसा नहीं हुई। अन्त में सुरमा ने समझा दिया, "तुम्हारी सूक्ष्म बुद्धि मैं इतनी-सी बात नहीं आती कि तुम न हो, तो मैं कहीं की भी नहीं, परन्तु मेरे बिना रहे भी तुम चिरकाल-चिरजीवी हो; इसी से तुम प्रकाश हो और मैं छाया।"

यज्ञदत्त हंस दिया, "इकतरफ़ा डिग्री पाना चाहती हो, तो ले लो, मगर फ़ैसला किसी काम का नहीं हुआ।"

"खूब हुआ है, बढ़िया हुआ है, बहुत अच्छा हुआ है, प्रकाश, अब लड़ने की ज़रूरत नहीं। तुम प्रकाश हो, मैं श्रीमती छाया।"

यह कहते हुए छाया ने नाना प्रकार से प्रकाश को तंग कर डाला।

कहानी का इतना तो हो गया परन्तु, अब तुम्हीं लोगों से द्वन्द्वयुद्ध न हो जाए, यही डर है। तुम कहोगे, ये लोग स्त्री-पुरुष हैं, मैं कहूंगा, स्त्री-पुरुष ज़रूर हैं, पर पति-पत्नी नहीं हैं। ज़रूर ही तुम आंखें चढ़ा लोगे, तो क्या अवैध प्रेम है? मैं कहूंगा, बहुत ही शुद्ध प्रेम है। तुम लोगों को किसी भी तरह विश्वास नहीं होगा, मुंह बनाकर पूछोगे, उम्र क्या है? मैं कहूंगा, प्रकाश की उम्र है तेईस साल की और छाया है अठारह साल की।

इसके बाद भी अगर सुनना चाहो तो शुरू करता हूं।

यज्ञदत्त के छोटी-सी छंटी हुई दाढ़ी, आंखों पर चश्मा, सिर पर लेवेंडर की सुगन्ध, चुनी हुई ढाके की धोती, शर्म पर एसेंस लगा हुआ, पैरों में मखमल के स्लीपर, जिन पर छाया ने अपने हाथ से फूल काढ़ दिए हैं, लाइब्रेरी में भर-घर पुस्तकें हैं और हैं घर पर अनेक दासियां। टेबल के किनारे बैठा हुआ यज्ञदत्त चिट्ठी लिख रहा है, सामने बड़ा भारी आईना है। पर्दा हटाकर छाया ने बड़ी सावधानी के साथ प्रवेश किया। उसकी तबीयत थी कि चुपचाप पीछे से आकर आंखें मींच ले, पर पीठ के पास आकर हाथ बढ़ाते ही सामने शीशे पर नज़र पड़ गई। देखा कि यज्ञदत्त उसके मुंह की तरफ देख-देखकर मुस्कुरा रहा है। सुरमा भी हंस दी, बोली–क्यों, देख लिया?

यज्ञदत्त–यह क्या मेरा क़सूर है?

सुरमा–तो किसका है?

यज्ञवत्त–आधा तुम्हारा है। और आधा शीशे का।

सुरमा–मैं उसे अभी ढंके देती हूं।

यज्ञदत्त–ढंक दो, लेकिन बाक़ी के लिए क्या करोगी?

सुरमा ने दो-तीन बार हिल-डुलकर कहा–प्रकाश?

यज्ञदत्त–कहो छाया!

सुरमा–तुम दुर्बल क्यों होते जाते हो?

यज्ञवत्त–मुझे तो ऐसा नहीं मालूम होता।

सुरमा–तुम खाते क्यों नहीं?

यज्ञदत्त हंसने लगा। बोला–सुरो, झगड़ा करने आई हो?

सुरमा–हूं!

यज्ञदत्त–मैं इसके लिए राजी नहीं।

सुरमा–तुम ब्याह क्यों नहीं करोगे?

यज्ञदत्त–इसका जवाब तो हर रोज़ एक बार दिया करता हूं।

सुरमा–नहीं, करना ही पड़ेगा।

यज्ञदत्त–सुनो, तुम अपना ब्याह क्यों नहीं करतीं?

सुरमा ने यज्ञदत्त के हाथ से चिट्ठी छीनकर कहा–छिः, विधवा का कहीं ब्याह होता है?

यज्ञदत्त ने कुछ देर चुप रहकर कहा–कौन जाने! कोई कहता है, होता है, कोई कहता है, नहीं होता।

सुरमा–तो फिर मुझे इस निमित्त का भागी बनाने की कोशिश क्यों?

यज्ञदत्त ने लम्बी सांस लेकर कहा–तो क्या हमेशा मेरी ही सेवा करते-करते जीवन बिता दोगी?

'हूं' कहकर वह टप-टप आंसू गिराती हुई रोने लगी।

यज्ञदत्त ने उसके आंसू पोंछते हुए कहा–सुनो, तुम्हारे मन की साध क्या है, क्या मुझे साफ़-साफ़ नहीं बताओगी?

सुरमा–मुझे वृन्दावन भेज दो।

यज्ञवत्त–मुझे छोड़कर रह सकोगी?

सुरमा के मुंह से बात नहीं निकली। दाएं और बाएं दो-एक बार सिर हिलाने के साथ ही उसकी आंखों का पानी झरने-सा बहने लगा।

सुरमा–यज्ञ भइया, वह कहानी फिर से कहो न?

यज्ञदत्त–कौन-सी सुरमा?

सुरमा–वही, मुझे जब वृन्दावन में ख़रीदा था। कितने रुपये में ख़रीदा?

यज्ञवत्त–पचास रुपये में। मेरी आयु तब अठारह साल की थी। बी. ए. का इम्तहान देकर पछांह की तरफ़ घूमने गया था। मां तब ज़िन्दा थीं, वे भी साथ थीं। एक दिन दोपहर को मालती-कुंज के पास से वैष्णवियों का एक दल गीत गाता हुआ जा रहा था, उसी में पहले-पहल मैंने तुम्हें देखा। यौवन की पहली सीढ़ी पर पैर रखते ही दुनिया ऐसी सुन्दर-सुहावनी दीखने लगती है कि सिर्फ़ अपनी आंखों से उसका माधुर्य पूरा-पूरा नहीं लूटा जा सकता। साध होती है, मन की-सी और दो आंखें इसी तरह एक साथ ऐसी शोभा का आनन्द उठा सकें, अगर उसे समझा सकूं–यह क्या, सुरमा रोती हो?

सुरमा–नहीं, तुम कहो।

यज्ञवत्त–तुम तब तेरह वर्ष की नवीन वैष्णव थीं। हांथ में तम्बूरा था और गीत गा रही थीं।

सुरमा–जाओ, मैं क्या गाना गा सकती हूं?

यज्ञदत्त–तब तो गा सकती थीं, उसके बाद बहुत परिश्रम से तुम्हें पाया, तुम ब्राह्मण की लड़की थीं, बाल-विधवा। मां तुम्हारे तीर्थ में आकर फिर घर न लौट सकीं, स्वर्ग सिधार गईं। मैंने तुम्हें लाकर अपनी मां के हाथ सौंप दिया, उन्होंने छाती से लगा लिया, उसके बाद, मरते समय वे फिर मुझे ही लौटा गईं।

सुरमा–यज्ञ भइया, मेरा घर कहां है?

यज्ञदत्त–सुना है, किसन नगर के पास है कहीं।

सुरमा–मेरे और कोई नहीं है।

यज्ञदत्त–मैं हूं न, यही तो तुम्हारा सबकुछ है, सुरमा।

सुरमा के पलक फिर भीग गए, बोली–तुम मुझे फिर बेच सकते हो?

यज्ञवत्त–नहीं, सो नहीं कर सकता। अपने को बिना बेचे यह काम हरगिज़ नहीं हो सकता।

सुरमा कुछ बोली नहीं, उसी तरह डबडबाई हुई आंखों से उसकी तरफ़ देखती रहीं। बहुत देर बाद धीरे-से बोली–तुम बड़े भइया हो, मैं छोटी बहन हूं–हम दोनों के बीच एक अच्छी-सी बहू ले आओ न भैया।

यज्ञदत्त–क्यों भला?

सुरमा–दिन-भर उसका साज-सिंगार करके उसे तुम्हारे पास लाकर बैठा दिया करूंगी।

यज्ञदत्त–सो क्या तुम पूरे मन से कर सकोगी?

सुरमा ने मुंह उठाकर, उसकी आंखों में आंखें बिछाकर कहा–मैं क्या ऐसी अधम हूं, जो जलूंगी?

यज्ञदत्त–जलोगी नहीं, पर अपनी जगह जो लुटा दोगी?

सुरमा–लुटा क्यों दूंगी? मैं राजा की राजा ही रहूंगी, सिर्फ़ एक मन्त्री बहाल कर दूंगी, दोनों जनी मिलकर तुम्हारा राज्य चलावेंगी, बड़ा आनन्द आएगा।

यज्ञदत्त–देखो छाया, विवाह करने की मेरी इच्छा नहीं, पर हां, तुम्हें अगर एक साथी की ज़रूरत हो, तो ब्याह कर सकता हूं।

सुरमा–हां, ज़रूर करो, बड़ा आनन्द आएगा, दोनों जनी खूब मौज से दिन बिताएंगी।

इतना कहकर सुरमा मन-ही-मन बोली, तीनों कुल में मेरे तो कोई है नहीं, मान-अभिमान हो, सो भी नहीं, लेकिन तुम क्यों मेरे कारण दुनिया-भर का कलंक बटोरोगे? देव हो तुम मेरे। तुम ब्याह करो, तुम्हारा मुंह देखकर मैं सब सह लूंगी।

कलकत्ता में ऐसे बहुत लोग हैं जो अपने पड़ोसी की भी ख़बर नहीं रखते, और बहुत-से रखते हैं तो खूब रखते हैं। जो ख़बर रखते हैं, वे कहते हैं, यज्ञदत्त बी.ए. पास भले ही कर ले, पर है आवारा लड़का। इशारे में वे सुरमा की बात का उल्लेख करते हैं। कभी-कभी यह बात सुरमा और यज्ञदत्त के भी कानों में पड़ जाती है। सुनकर दोनों जने हंसने लगते हैं।

परन्तु तुम अच्छे हो चाहे बुरे, अगर बड़े आदमी हो, तो तुम्हारे घर लोग आएंगे ही, ख़ासकर औरतें। कोई कहती–सुरमा, तुम अपने भइया का ब्याह क्यों नहीं करवा देतीं।

सुरमा जवाब देती–करा दो न जीजी, अच्छी-सी लड़की देखकर।

जो सुरमा की सहेली होती, वह हंस देती–सही तो है, अच्छी लड़की मिलना मुश्किल है, तुम्हारे रूप से जिसकी आंखें भरी हुई हैं, उसके...

हट जलमुंही–कहते-कहते सुरमा का सारा चेहरा स्नेह और गर्व से लाल हो उठता।

उस दिन दोपहर को टभटभ मेंह बरस रहा था, सुरमा ने कमरे में घुसते ही कहा–एक लड़की पसन्द कर आई हूं।

यज्ञदत्त–उफ्, माथे से एक चिन्ता हट गई। कहां, सुनूं तो सही?

सुरमा–उस मोहल्ले के मित्तिरों के यहां।

यज्ञदत्त–ब्राह्मण होकर कायस्थ के घर?

सुरमा–क्यों, कायस्थों के घर क्या बाम्हन नहीं रहते? उसकी मां वहां रसोई बनाने का काम किया करती थी। सुना है, लड़की बहुत अच्छी है। देख आओ, अगर मन में बैठ जाए तो घर ले आना।

यज्ञदत्त–मैं क्या ऐसा आभागा हूं कि दुनिया-भर की भिखारिनों के सिवा मेरी गुज़र न होगी?

सुरमा–भिखारिन बटोर लाना तुम्हारे लिए कुछ नया काम थोड़े ही है!

यज्ञदत्त–फिर!

सुरमा–नहीं, तुम जाओ, देख आओ। मन में जम जाए तो 'ना' मत करना।

यज्ञवत्त–मन में तो किसी हालत में जम ही नहीं सकती।

सुरमा–जम जाएगी जी, खूब जमेगी, एक बार देख तो आओ।

छायादेवी ने फिर प्रकाशदेव को ऐसा सज़ा दिया–खूब ख़ुशबू वगैरह लगाकर, मांज-घिसकर, बाल काढ़कर–इस ढंग से आईने के सामने खड़ा कर दिया कि यज्ञदत्त को शर्म मालूम होने लगी। बोला–छिः, यह तो बहुत ज़्यादती हो गई।

सुरमा ने कहा–हो जाने दो, तुम देख आओ।

गाड़ी पर सवार होकर यज्ञदत्त लड़की देखने चल दिया। रास्ते में एक

मित्र को भी अपने साथ कर लिया–चलो, मित्तिरों के यहां जलपान कर आवें।

मित्र ने पूछा–इसके मानी?

यज्ञदत्त–उनके घर एक भिखारिन की लड़की है। उसके साथ ब्याह करना होगा।

मित्र–कहते क्या हो, यह सीख किसने दी?

यज्ञदत्त–तुम लोग जिसकी ईर्ष्या से मरे जा रहे हो, उसी छायादेवी ने।

यज्ञदत्त अपने मित्र के साथ लड़की देखने मित्तिरों के घर पहुंचे। लड़की कार्पेट के आसन पर बैठी थी, कई बार की धुली देशी साड़ी पहने–उसके सूत कहीं-कहीं ऐसे बिखर गए थे जैसे जाली। हाथों में बिल्लौरी चूड़ियां थीं और तांबे के रंग के सोने के इंठे हुए कड़े, कहीं-कहीं उनके भीतर का चपड़ा दीख रहा था। माथे में इतना तेल था कि ललाट तक चकचक कर रहा था, और सिर के बीचों-बीच ठीक ब्रह्मतालू के ऊपर काठ-सा कड़ा बंधा हुआ जूड़ा ऊंचा खड़ा था। दोनों मित्र उसे देखते ही मुस्कुरा दिए। हंसी को छिपाते हुए लड़की की तरफ़ देखकर यज्ञवत्त ने कहा–क्या नाम है तुम्हारा?

लड़की ने अपनी बड़ी-बड़ी काली आंखों को शान्त भाव सें उसके मुंह पर रखते हुए कहा–प्रतुल।

यज्ञदत्त ने अपने मित्र को चुटकी भरकर मुस्कुराते हुए कहा–क्यों भाई, गदाधर[1] तो नहीं?

मित्र ने हलका-सा एक धक्का देकर कहा–ज़्यादा बको मत, झटपट पसन्द कर डालो।

"हां, अभी लो..."

"अच्छा-अच्छा, क्या पढ़ती हो?"

"कुछ नहीं।"

---

1. स्वर्गीय गिरीशचन्द्र घोष के नाटक का एक पात्र, जो तलाशी के वक़्त पुलिस के डर से स्त्री की शाक पहनकर अपने को छिपाना चाहता है।

"और भी अच्छा है।"

"काम-काज करना आता है?"

प्रतुल ने सिर हिलाया। पास ही एक नौकरानी खड़ी थी, व्याख्या कर दी–बड़ी कमेरी लड़की है बाबू जी, रसोई बनाने-परोसने, घर के काम-धन्धे में अपनी मां के जैसी है और मुंह से तो इसके बात ही नहीं निकलती–बड़ी शान्त है।

–सो तो देख ही रहा हूं। तुम्हारे बाप हैं?

–नहीं।

–मां भी मर गई हैं?

–हां।

यज्ञदत्त ने देखा कि उस गूंगी-बेवकूफ लड़की की आंखों में आंसू भर आए हैं, पूछा–तुम्हारे क्या कोई भी नहीं है?

–नहीं।

–हमारे घर चलोगी?

उसने गरदन हिलाई–हां।

इतने में उसकी जंगले की तरफ़ निगाह पड़ी तो देखा कि खिड़की में से दो काली आंखें जैसे आग बरसा रही हों! उसने डरकर कह दिया–नहीं।

बाहर आकर मित्तिर साहब से भेंट हुई:

–कैसी दिखी लड़की?

–अच्छी है।

–तो फिर ब्याह का मुहूर्त निकलवाया जाए?

–हां-हां।

बारह-तेरह वर्ष के लड़के के हाथ से जब कोई निर्दय रसहीन अभिभावक उसका अध-पढ़ा कौतुकपूर्ण उपन्यास छीनकर छिपा देता है, तब उसकी जैसी हालत होती है, भीतर की जान व्याकुल भाव से उस सूखे चेहरे पर शंका में डूबे बालक को कभी इस कोठरी में और कभी उस कोठरी में दौड़ाती रहती है, डरती हुई उसकी तीव्र आंखें जैसे उस प्रिय पदार्थ को

खोजने में व्यस्त और परेशान हो जाती हैं और उसकी सर्वदा इच्छा होती रहती है कि किसी पर खूब ग़ुस्सा होए–उसी तरह सुरमा यज्ञदत्त के लिए छटपटाने लगी। वह क्या जाने क्या ढूंढ़कर निकालेगी। कुरसी, बेंच, सोफा, पलंग, कमरा, बरामदा, सभी चीज़ों पर वह नाराज़ हो उठी। सड़क की तरफ़ का एक भी जंगला उसे पसन्द न आया, कभी इस पर और कभी उस पर बैठने लगी। यज्ञदत्त ने कमरे में प्रवेश किया।

–क्या हुआ प्रकाश महाशय?

प्रकाश का चेहरा गम्भीर हो गया।

सुरमा–कब का ब्याह है?

यज्ञवत्त–शायद, इसी महीने में।

बिना आनन्द-उत्साह के साथ सुरमा पास आई, पर उसने किसी तरह का उधम नहीं किया, कहा–तुम्हें मेरे सिर की क़सम, सच बताओ।

–कैसी आफत है, सच ही तो कह रहा हूं।

–मेरा मरा मुंह देखो... बताओ, पसन्द आ गई?

–हां...

सहसा सुरमा को मानो कोई शब्द ढूंढ़े नहीं मिला। बच्चे जैसे फटकार खाकर रोने से पहले इधर-उधर गर्दन हिलाकर कोई अर्थहीन बात कह डालते हैं, सुरमा ने भी उसी तरह बच्चे जैसी गर्दन हिलाकर गाढ़े स्वर में कहा–मैंने तो पहले ही कह दिया था।

यज्ञदत्त अपनी ही चिन्ता में व्यस्त था, इसलिए समझ नहीं सका कि उसके कुछ मानी ही नहीं होते, क्योंकि, पहले तो 'पसन्द ही होगी' ऐसी बात सुरमा ने कभी कही नहीं, दूसरे उसने ख़ुद भी लड़की नहीं देखी, बल्कि, ऐसी तो उसने बिलकुल आशा ही नहीं की थी कि इतनी जल्दी पसन्द आ जाएगी और सगाई भी पक्की हो जाएगी। उसी से वह दिन-भर अपने कमरे में बैठकर इस बात की चिन्ता करने लगी। दो दिन बाद यज्ञदत्त के बहुत कुछ समझ में आ गया। बोला–सुरो, यह ब्याह मत कराओ बहन।

सुरमा–वाह, ऐसा भी कहीं होता है? सगाई जहां पक्की हो गई है!

यज्ञवत्त–पक्की कुछ नहीं हुई।

सुरमा–नहीं, तो सो नहीं हो सकता, दुखिया लड़की को सुखी करना है, यह भी तो ज़रा सोचो, ख़ासकर, वचन देकर मुकरोगे?

यज्ञदत्त को प्रतुलकुमारी का मुखड़ा याद आ गया, उस दिन उसकी काली-काली आंखों में मानो उसने सहिष्णुता और शान्त-भाव की निगूढ़ छाया देखी थी, इससे वह चुप हो रहा, फिर भी, बहुत-सी बातें सोचने लगा। सुरमा के बारे में ही ज़्यादा सोचा। वर्षा के दिन सहसा बरसाती पतंगे जैसे घर-घर में भर जाते हैं, उसी तरह उसका सारा मन भी बेचैनी से भर गया और साथ ही उनका छिपा हुआ रहने का गड्ढा जैसे ढूंढ़े नहीं मिलता, उसी तरह सुरमा के मुंह की बातें हृदय की किस गुप्त आकांक्षा के भीतर से झुंड बांधकर निकलने लगीं, इसका भी कुछ पता नहीं लगा। उसकी आंखों पर ऐसा एक धुंधला-सा जाल पड़ गया कि उसे किसी भी तरह सुरमा का चेहरा न दिखाई दिया।

ब्याह करके यज्ञवत्त बहू को घर ले आया। विकार-ग्रस्त रोगी के घर में कोई आदमी न रहने से जैसे वह अपनी सारी शक्तियों को एकत्र करके पानी के घड़े की तरफ़ दौड़कर उससे चिपट जाता है, सुरमा ने ठीक उसी तरह नई बहू को छाती से चिपटा लिया। अपना जितना भी जेवर था, सब उसे पहना दिया, और जितने कपड़े थे, सब उसके बॉक्स में भर दिए। सूखे मुंह से दिन-भर बहू को सजाने की धूम देखकर यज्ञदत्त का मुंह इतना-सा निकल आया। गम्भीर स्वप्न तो सहा जा सकता है क्योंकि असह्य होते ही नींद टूट जाती है, परन्तु जागते हुए स्वप्न देखने में तो दम अटकने लगता है, किसी तरह वह ख़तम नहीं होता और नींद भी नहीं टूटती। कभी मालूम होता है यह स्वप्न है, कभी मालूम होता है यह सत्य है। प्रकाश और छाया दोनों के ही ऐसा भाव आने लगा। एक दिन कमरे में बुलाकर यज्ञदत्त ने कहा–छाया!

–क्या है यज्ञ भइया?

–'प्रकाश' नहीं कहा?

सिर झुकाकर सुरमा ने कहा–प्रकाश।

यज्ञदत्त ने दोनों हाथ बढ़ाकर कहा–बहुत दिनों से पास नहीं आईं, आओ।

सुरमा ने एक बार उसके मुंह की तरफ़ देखा और दूसरे क्षण कह उठी–वाह, मैं भी खूब हूं! बहू को अकेला छोड़ आई हूं!

कहती हुई वह जल्दी से भाग गई।

गुस्से में अगर किसी अपरिचित भले आदमी के गाल पर थप्पड़ मार दिया जाए और वह अगर शान्त भाव से क्षमा करके चला जाए, तो उस समय जैसा मन ख़राब हो जाता है, वैसे ही क्षमा प्राप्त अपराधी की तरह यज्ञदत्त का भी मन क्रमशः उत्साहहीन होने लगा। बार-बार यही लगने लगा, उसने अपराध किया है और सुरमा उसे जी-जान से क्षमा कर रही है।

सुरमा तमाम आभूषण से सजी नववधू को ज़बरदस्ती करके उसके पास बैठा देती। शाम होते ही बाहर से चट्-से ताला बन्द कर देती। यज्ञदत्त गाल पर हाथ रखकर सोचता रहता। बहू भी कुछ-कुछ समझ जाती है। वह सयानी लड़की नहीं है, फिर भी है तो नारी और साधारण स्त्री बुद्धि से भगवान् किसी को भी वंचित नहीं रखते। वह भी सारी रात जागती रहती।

ब्याह हुए आज आठ दिन भी नहीं हुए, इतने में ही एक दिन सबेरे यज्ञदत्त ने सुरमा को बुलाकर कहा–सुरो, बर्द्धमान में बुआ जी को बहू दिखा लाऊं।

दामोदर नदी के उस पार बुआ का गांव है। बुआ के घर पहुंचते ही यज्ञवत्त ने कहा–बुआ जी, बहू लाया हूं, देखो।

बुआ–अरे, ब्याह कर लिया! ओ हो, जीओ-जीओ, हज़ारी उमर हो! बड़ी अच्छी चन्दा-सी बहू है। अब आदमी की तरह घर-गिरस्ती चलाओ, बेटा।

यज्ञदत्त–इसीलिए तो सुरमा ने यह ब्याह कराया है।

बुआ–अच्छा, सुरो ने यह ब्याह करवाया है?

यज्ञदत्त–उसी ने तो कराया है, पर तक़दीर ही ख़राब निकली–इस बहू के साथ घर नहीं चल सकता।

बुआ–क्यों, सो क्यों?

यज्ञवत्त–जानती हो बुआ, मेरा नर गण है और बहू का है राक्षस गण। एक साथ रहने से ज्योतिषी ने कहा, जिया-न-जिया।

बुआ–अरे बेटा, ऐसी बात...

यज्ञवत्त–तब जल्दी में ये सब बातें देखी नहीं गईं। अब यह तुम्हारे ही पास रहा करेगी। हर महीने पचास रुपये तुम्हें भेज दिया करूंगा। इतने से काम नहीं चल जाएगा बुआ?

बुआ–हां, सो चल जाएगा। गंवई-गांव में, विशेष कोई तकलीफ़ नहीं होगी। आहा, चांद-सी बहू है, बड़ी हो गई है... क्यों रे जग्गू, कोई शान्ति-विधान कराने से काम नहीं चलेगा?

यज्ञदत्त–चल सकता है। मैं भट्टाचार्य जी से पूछकर, जैसा होगा, तुम्हें ख़बर दूंगा।

बुआ–अच्छा, सो कर देना बेटा।

शाम के वक़्त बहू को पास बुलाकर यज्ञदत्त ने कहा–तो तुम यहीं रहो। उसने गरदन हिलाकर कहा–अच्छा।

–तुम्हें जब जिस चीज़ की ज़रूरत हो, मुझे ख़बर देना।

–अच्छा।

–तुम्हें चिट्ठी लिखना आता है?

–नहीं।

–तो फिर, कैसे ख़बर दोगी?

नववधू घर की पालतू हिरनी की तरह अपनी आंखों को पति के चेहरे पर गाड़कर चुपचाप खड़ी रही। यज्ञदत्त मुंह फेरकर चला गया।

बुआ जी के घर बहू खूब तड़के ही उठकर काम-काज में लग जाती

है। बैठा रहना उसने सीखा ही नहीं। बिलकुल नई होने पर भी उसने परिचित की भांति घर का काम-धन्धा शुरू कर दिया। दो-चार दिन में ही बुआ जी समझ गईं कि ऐसी लड़की सभी की कोख से पैदा नहीं होती।

बहू के पास बहुत गहने हैं। मोहल्ला-भर देखने आता है। किसी ने पूछा–किस ने दिया है बहू? तुम्हारे बाप ने?

–मां-बाप मेरे नहीं हैं, ननद जी ने दिया है।

दो-एक बराबर की उम्रवालियों से मेल हो जाने पर वह खोद-खोदकर भेद जानने की कोशिश करने लगीं। पूछने लगीं–तुम्हारी ननद शायद खूब बड़ी आदमी हैं?

–हां।

–सब गहने उन्हीं के हैं?

–सब।

–वे नहीं पहनतीं?

–विधवा हैं वे, पहनतीं नहीं।

–कितनी उम्र है बहू?

–हम लोगों से कुछ बड़ी होंगी? उन्हींने ज़बरदस्ती अपने भइया से मेरा ब्याह कराया है।

–तुम्हारा वर उनका खूब कहना मानता है, क्यों?

–हां, वे सती-लक्ष्मी हैं, सभी उनसे प्रेम करते हैं।

ऊपर के जंगले से सुरमा ने देखा, यज्ञदत्त घर लौट आए, पर साथ में बहू नहीं है। घर में घुसते ही पूछा–भइया, बहू को कहां छोड़ आए?

–बुआ जी के घर।

–साथ में ले क्यों नहीं आए?

–रहने दो अभी। कुछ दिन बाद देखा जाएगा।

बात सुनकर सुरमा की छाती में चुभ गई। दोनों चुप बने रहे। प्रिय जनों में बहस करते-करते अचानक झगड़ा हो जाने से जैसे दोनों कुछ देर

तक सुस्त मन से चुपचाप बैठे रहते हैं–ये दोनों जने भी कुछ दिन उसी तरह चुपचाप दिन बिताते रहे। सुरमा कहती–नहा-धोकर खा-पी लो, बहुत अबेर हो गई है।

यज्ञवत्त कहता–हां, जाता हूं।

ऐसे ही कुछ दिन बीत गए।

एक साथ रहकर घर-गिरस्ती चलाने का काम हमेशा इस तरह नहीं हो सकता, इसी से फिर मेल होने लगा। यज्ञदत्त फिर लाड़-प्यार के साथ बुलाने लगे–ओ छाया! मगर छाया अब 'प्रकाश" नहीं कहती। कभी 'यज्ञ भइया' कहती है, कभी सिर्फ़ 'भइया' कहकर ही पुकारती है।

एक दिन सुरमा ने कहा–भइया, क़रीब तीन महीने होने आए अब बहू को ले आओ।

यज्ञवत्त बात टाल देता–हां, सो आ जाएगी।

सुरमा उसके मन का भाव समझकर चुप रह जाती।

बुआ की चिट्ठी कभी-कभी आ जाया करती है। बुआ लिखती हैं, बहू को मलेरिया बुख़ार आने लगा है, इलाज होना ज़रूरी है। मतलब समझकर यज्ञदत्त और कुछ रुपये ज़्यादा भेज देता, फिर महीने-भर कोई बात ही नहीं छिड़ती। इतने में ही एक दिन अकस्मात चिट्ठी आई–बुआ मर गईं।

यज्ञदत्त बर्द्धमान चला गया। जाते समय सुरमा ने सिर की क़सम देकर कह दिया, "बहू को लेते आना।"

बर्द्धमान में बुआ की तेरहीं हो जाने के बाद एक दिन दोपहर को यज्ञदत्त बरामदे में खड़ा-खड़ा घर आने की बात सोच रहा था। आंगन में धान के भिसौरा के पास नई बहू खड़ी थी। उस पर उसकी निगाह पड़ गई। चार आंखें होते ही उसने हाथ से इशारा करके उसे पास बुलाया।

वह पास आ गई।

–क्यों?

–आपसे कुछ कहूंगी।

–अच्छी बात है, कहो।

नई बहू ने घूंट-सा भरते हुए कहा–एक दिन आपने कहा था, अगर मुझे कुछ ज़रूरत हो...

यज्ञदत्त–हां-हां, क्या ज़रूरत है बताओ...

बहू–घर में सभी कोई कहा-सुनी करती रहती हैं, बड़ी कुलच्छनी हूं, इससे यहां अब रहने को जी नहीं करता।

यज्ञदत्त–कहां रहना चाहती हो?

बहू–कलकत्ता में अगर कहीं भले घर में जगह मिल जाती, मैं तो सब काम करना जानती हूं।

यज्ञदत्त–तुम अपने घर जाओगी?

बहू–मेरा अपना घर? कहां है सो? वे क्या अब रहने देंगे?

यज्ञदत्त ने अपने हाथ से स्त्री का मुंह ऊंचा करके कहा–मेरे घर चलोगी?

बहू–चलूंगी।

यज्ञदत्त–सुरमा तुम्हारे लिए बड़ी घबरा रही है।

सुरमा के ज़िक्र से उसका चेहरा मारे ख़ुशी के फूल उठा–जीजी मेरी याद करती हैं?

यज्ञवत्त–खूब करती हैं।

बहू–तो ले चलिए।

दुनिया में ऐसे भी एक तरह के आदमी हैं, जिन्हें दूसरों के बारे में अपनी राय ज़ाहिर करने की बुद्धि ही किसी तरह ढूंढ़े नहीं मिलती, किन्तु साथ ही उनमें ऐसी एक सहज बुद्धि होती है कि वे उस पर निर्भर होकर अपने बारे में और किसी से सलाह लेने की कतई ज़रूरत नहीं समझते। नई बहू इसी कोटि की है। वह अपनी बात आप ही सोचती है, दूसरे से नहीं पूछती। उसने सोचकर कहा–आप लोगों का अमंगल होने का बड़ा डर है मुझे, पर रहूं भी तो कहां? नहीं तो, मैं नीचे ही रहा करूंगी। सब काम-काज करने में नीचे आराम भी रहेगा।

यज्ञदत्त–ऊपर क्या तुम्हारे रहने का कमरा नहीं है?

–है, पर नीचे के कमरे में ही अच्छी रहूंगी।

यज्ञदत्त ने फिर कोई बात नहीं की। वह सोचने लगा, इसकी बातें तो बिलकुल बेवकूफों की-सी नहीं हैं और कई बार मन में आया कि कह दे–वह कुलच्छनी नहीं है। राक्षस गण वगैरह सब झूठ है, पर झूठ बोलने का कारण क्या था, सो कैसे बताया जाए? ख़ासकर वह इस बात का भी भरोसा नहीं कर सका कि घर जाकर वह अपने पिछले और आगे के व्यवहार में अच्छी तरह सामंजस्य भी रख सकेगी।

सुरमा ने देखा कि बहू आ गई। उग्र नशे का पहला झोंका संभालकर अब वह स्थिर हो गई है। इसी से बहू को देखने के लिए उसने ज़बरदस्ती नहीं की। शान्त धीर भाव से अच्छी बातचीत की। मौखिक ही नहीं, अन्तरंग की मंगलेच्छा उसके सूखे चेहरे पर फिर से ज्योति ले आई। बोली–बहू, तबीयत तो तुम्हारी वहां ठीक नहीं रही?

बहू ने सिर हिलाकर कहा–बीच-बीच में बुख़ार आ जाता था।

सुरमा ने उसके माथे का पसीना पोंछकर कहा–यहां इलाज होते ही सब अच्छा हो जाएगा।

दोपहर को सुरमा को ख़बर लगी कि बहू के लिए नीचे का कमरा साफ़ हो रहा है। मारे अपमान के उसकी आंखों में आंसू भर आए। किसी तरह उन्हें रोकते हुए वह यज्ञदत्त के पास जाकर बोली–भइया, बहू क्या नीचे सोएगी?

यज्ञदत्त ने पुस्तक पर से बिना आंख उठाए ही कहा–वह तो यही कहती है।

–तुम कुछ नहीं कहोगे?

–मैं क्या कहूं? जिसके मन में जो आवे, करे।

सुरमा लज्जा और धिक्कार से अपने को काबू में न रख सकी, उसके सामने ही रो दी और भाग खड़ी हुई।

ऊपर की यह वारदात नीचे तक न पहुंची।

नई बहू नये सिरे से घर के काम-काज में जुट पड़ी। क्रमशः धीरे-धीरे उसने सुरमा का सब काम अपने हाथ में ले लिया। सिर्फ़ ऊपर नहीं जाती, पति के साथ मुलाक़ात नहीं करती। धीरे-धीरे सुरमा ने भी ऊपर का जाना-आना छोड़ दिया। बहू प्रफुल्ल-गम्भीर मुख से काम करती और सुरमा के पास बैठी रहती। एक यह देखती कि काम करने में कितना सुख है और दूसरी यह समझती कि काम की बहती धारा में कितना दुख बहाया जा सकता है। दोनों में से कोई भी ज़्यादा बातचीत नहीं करती, फिर भी उनमें परस्पर सहानुभूति क्रमशः गाढ़ी ही होती गई।

बीच-बीच में नई बहू को अक्सर बुख़ार आता और दो-चार दिन उपवास करने से अपने-आप चला जाता। दवा खाने की ओर न उसकी प्रवृत्ति है, और न खाती है। उस समय का काम-धन्धा नौकर-नौकरानियां ही करती हैं। सुरमा से होता नहीं। इच्छा होने पर भी यह उसके सामर्थ्य से बाहर की बात है।

सोने की प्रतिमा सुरमा देवी का अब न तो वह रंग है और न वह कान्ति। इतना लावण्य इन दो महीनों में जाने कहां उड़ गया! बहू कभी-कभी कहती है, जीजी, तुम दिन-पर-दिन ऐसी क्यों होती जाती हो?

–मैं? अच्छा भाभी, तन्दुरुस्ती सुधारने के लिए अगर कहीं बाहर चली जाऊं, तो तुम्हें तकलीफ़ तो न होगी?

–ज़रूर, होगी क्यों नहीं?

–तो नहीं जाऊंगी।

–नहीं जीजी, मत जाना, तुम दवा-दारू कराके यहीं अच्छी हो जाओ।

सुरमा ने मारे स्नेह के उसका ललाट चूम लिया।

एक दिन सुरमा यज्ञदत्त के लिए थाली लगा रही थी। यज्ञदत्त उसका मैला-सूखा चेहरा सतृष्ण दृष्टि से देख रहा था। सुरमा के आंखें उठाकर देखते ही उसने दीर्घ निःश्वास लेते हुए कहा–मन में आता है, मर जाऊं तो अच्छा।

–क्यों? –कहते ही सुरमा की आंखों में आंसू भर आए।

–डरता हूं, न जाने और कब तक प्राणों का भार ढोना पड़ेगा!

बन्दूक की गोली खाकर वन का पशु जैसे ज़मीन छोड़कर आसमान की ओर भागने के लिए जी-जान से उछल पड़ता है, किन्तु आसमान उसका कोई नहीं, इसलिए वह आश्रय शून्य मरणाहत जीव अन्त में चिर-आश्रय पृथ्वी को ही हृदय से लगाकर प्राण त्याग देता है, उसी तरह खटपटाती हुई सुरमा ने पहले तो आकाश की ओर देखा, उसके बाद ठीक उसी तरह ज़मीन पर लोटकर वह रोने लगी–यज्ञ भइया, क्षमा करो, मैं तुम्हारी शत्रु हूं, मुझे और कहीं भेज दो, तुम सुखी होओ।

कहीं नौकरानी न आ जाए, इस डर से यज्ञदत्त ने हाथ पकड़कर उसे उठा लिया। स्नेह से उसके आंसू पोंछते हुए कहा–छिः, इस तरह लड़कपन नहीं किया करते।

आंसू पोंछते हुए सुरमा झटपट कमरे में चली गई और उसने भीतर से दरवाज़ा बन्द कर लिया।

उसके बाद, एक दिन सुरमा ने बहू को अपने पास खींचकर धीरे-से पूछा–बहू, भइया ने क्या तुमसे कभी कुछ कहा है?

बहू ने सहज भाव से जवाब दिया–कहेंगे क्या?

–तो फिर, तुम उनके पास जातीं क्यों नहीं? तुम्हारी क्या तबीयत नहीं होती जाने की?

बहू को पहले तो शर्म मालूम होने लगी, फिर सिर झुकाकर बोली–होती तो है जीजी, लेकिन जाना तो नहीं हो सकता न!

–क्यों बहू?

–तुम्हें याद नहीं?

–नहीं तो!

–अरे शायद तुम भूल गई हो जीजी, मेरा जो राक्षस गण है और उनका नर गण?

–किसने कहा?

–उन्होंने बुआ जी से कहा था, इसी से तो...

सुरमा के एकाएक रोंगटे खड़े हो गए, बोली–यह तो झूठी बात है बहू।

–झूठी बात?

आंखें फाड़कर वह सुरमा के मुंह की ओर देखती रह गई। सुरमा के बार-बार रोंगटे खड़े होने लगे। बोली–झूठी बात है बहू, बिलकुल झूठ!

–मुझे विश्वास नहीं होता, वे झूठ बोलेंगे।

सुरमा से अब न सहा गया। वह दोनों बांहुओं से उसका दृढ़ आलिंगन करके फूट-फूटकर रोने लगी–बहू, मैं महापातकिनी हूं।

बहू ने अपने को छुड़ाकर धीरे-से कहा–क्यों जीजी?

–उफ़, उसे अब मत सुनो। मैं नहीं कह सकूंगी।

आंधी की तरह सुरमा यज्ञदत्त के सामने आ पहुंची। बोली–बहू को इस तरह धोखे में रख छोड़ा है? उफ़ कैसे भयानक झूठे हो तुम!

यज्ञदत्त दंग रह गया।

–यह क्या सुरो!

–जाहिल हो तुम, छिः-छिः, तुम्हें शरम आनी चाहिए थी।

यज्ञदत्त कुछ मानी नहीं समझा, सिर्फ़ कड़वी बातें सुनने लगा...

–क्या सोचकर विवाह किया था? क्या सोचकर उसे छोड़े हुए हो? मेरे लिए? मेरा मुंह देखकर इस तरह धोखा देते आ रहे हो? –सुरमा, पागल हो गई क्या?

–पागल मैं हूं? तुममें मुझसे ज़्यादा ज्ञान है, तो मुझे कहीं और भेज दो! –कहते हुए सुरमा की आंखें सुर्ख हो गईं, हांफती हुई बोली–एक छन भी नहीं रहना चाहती मैं, छिः-छिः।

यज्ञदत्त ने बड़े ज़ोर से चिल्लाकर कहा–क्या कहती हो?

–कहती हूं, तुम झूठे हो, धोखेबाज़ हो!

ज़रा देर में यज्ञदत्त के माथे के अन्दर आग-सी जल उठी, बिना

कारण ही उसे मालूम हुआ, उसके भीतर की आत्मा बाहर निकलकर उसे युद्ध करने के लिए ललकार रही है। ज्ञान-शून्य होकर वह टेबल पर रखा भारी 'रूलर' उठाकर ज़ोर से चिल्लाता हुआ बोला–मैं अधम हूं... मैं धोखेबाज़ हूं, झूठा हूं!... और यह उसका प्रायश्चित करता हूं!

कहते हुए यज्ञदत्त ने पूरी ताक़त से उसे अपने सिर पर मार लिया। सिर फटकर झरझर खून बहने लगा। सुरमा अस्फुट स्वर से पुकार उठी–मैया री! –उसके बाद वह बेहोश होकर ज़मीन पर गिर पड़ी। यज्ञदत्त ने उसे देखा, देखा कि स्वयं उसका तमाम चेहरा खून से लथपथ हो गया है। आंखों में खून चला जाने से सब धुंधला-सा दिखाई देता है। वह उन्मत्त की तरह कहने लगा–अब क्यों? –इतने में पीछे से किसी ने आकर पकड़ लिया। मुड़कर देखा, स्त्री है। रोता हुआ बोला–तुम आ गईं?

कन्धे पर सिर रखकर वह बेहोश हो गया।

सुरमा जिस तरह नीचे से ऊपर भाग आई थी, नई बहू उससे चकित और शंकित होकर चुपके से उसके पीछे-पीछे आकर दरवाज़े के पास बाहर खड़ी हो गई थी, उसने सब बातें सुनीं और सब देख लिया। बहुत-सा सत्य उसके माथे के भीतर सूर्य के प्रकाश की तरह स्पष्ट हो गया, उसकी भी छाती की धड़कन तेज़ हो गई, आंखों के बाहर कोहरा-सा छाया जा रहा था, किन्तु उसने अपने को सम्हालकर इस विपत्ति के समय पति को गोद में ले लिया।

छः दिन बाद अच्छी तरह होश आने पर, सुरमा ने पूछा–भइया की तबीयत कैसी है?

दासी ने जवाब दिया–अच्छी है।

–मैं देख आऊं।–कहती हुई सुरमा उठी, पर फिर पड़ रही! दासी ने कहा–तुम बहुत कमज़ोर हो अभी और बुख़ार भी आ रहा है। उठो मत। डॉक्टर ने मना किया है।

सुरमा ने आशा की कि यज्ञ भइया देखने आएंगे, बहू आएगी। एक दिन, दो दिन करते-करते एक सप्ताह बीत गया, तो भी कोई नहीं आया, किसी ने ख़बर तक नहीं ली।

बुख़ार अब नहीं आता, पर कमज़ोरी बहुत है। अब उठने की कोशिश करने से शायद उठ सकती, परन्तु ज़बरदस्त अभिमान के कारण उठने की इच्छा ही नहीं हुई उसे। वह अपने मन-ही-मन उफन-उफनकर रोने लगी और आंखें पोंछकर सोचती, अपनी प्रकाश और छाया की कहानी।

दीप्त प्रकाश और गाढ़ी छाया लेकर उन लोगों ने खेल शुरू किया था, अब प्रकाश बुझता-सा जा रहा है। मध्याह्न का सूर्य पश्चिम की ओर झुक गया है, गाढ़ी छाया इसी से अस्पष्ट और विस्तृत होकर प्रेत के समान कंकाल-सार हो गई है। वह छाया अज्ञात अंधकार की ओर मानो उसमें बिला जाने के लिए धीरे-धीरे खिसकती जा रही है। रोते-रोते सुरमा सो गई।

देह पर गरम हाथ रखकर किसी ने बुलाया–जीजी!

सुरमा उठकर बैठ गई, बोली–यह क्या बहू?

आंखें उसकी लाल-सुर्ख हो रही थीं, मुंह सूखा, ओठों पर स्याही-सी पुत रही थी। सुरमा ने फिर पूछा–क्यों बहू, क्या हुआ है तुम्हें?

–क्या हुआ है मुझे? तुम मुझे इस घर में लाई थीं, इसी से कहने आई हूं तुमसे, जीजी, मुझे छुट्टी दे दो। मैं जाऊंगी...

–क्यों बहन, कहां जाओगी?

नई बहू सुरमा के पैरों पर सिर रखकर ज़मीन पर लोट गई।

सुरमा ने देखा कि उसकी देह आग-सी जल रही है। बोली–यह क्या? तुम्हें तो खूब बुख़ार चढ़ा हुआ है?

इतने में एक नौकरानी चिल्लाती हुई दौड़ी आई, बोली–जीजी, बहू जी कहां गईं? अरी मैया, बुख़ार की बेहोशी में भाग आई हैं। आज आठ दिन हुए, बेहोश पड़ी हुई हैं। मैया! कैसे आईं यहां?

–आठ दिन से बुख़ार है! डॉक्टर देख रहे हैं?

–कोई नहीं जीजी, कोई नहीं देखता। परसों सबेरे भी बहू जी घंटे-भर तक नल के नीचे सिर किए बैठी रही थीं। इतना मना किया, पर एक न सुनी।

शाम होने से पहले सुरमा यज्ञदत्त के कमरे में जाकर रो दी–भइया, बहू का तो अब जीना मुश्किल है।

–जीना मुश्किल है! क्या हुआ?

–मेरे कमरे में चलकर देखो भइया, बहू का तो अब बचना मुश्किल है।

दो-तीन डॉक्टरों ने आकर कहा–ज़ोर की बाय आ गई है।

रात-भर यज्ञदत्त सिरहाने बैठा रहा, कितनी ही बार मुंह के पास मुंह ले गया, पर बहू पति को न पहचान सकी।

डॉक्टरों के चले जाने पर यज्ञदत्त रो उठा–बहू, एक बार आंख खोलकर देखो, एक बार कह दो, क्षमा कर दिया।

सुरमा पांव के पास कपड़े में मुंह छिपाकर अस्फुट स्वर में बोली–भाभी, क्यों ऐसी सज़ा दे चलीं?

कौन बात करता? सम्पूर्ण मान, अभिमान, अवज्ञा और अनादर को दूर हटाकर धीरे-धीरे वह अन्त में विलीन हो गई।

सुरमा ने कहा–भइया कहां हैं?

दासी ने उत्तर दिया–कल वे पछांह की तरफ़ कहीं चले गए हैं।

–कब आएंगे?

–मालूम नहीं, शायद जल्दी नहीं आने के।

–मैं कहां रहूंगी?

–मुनीम जी से कह गए हैं, जितने चाहो रुपये लेकर तुम्हारी जहां ख़ुशी हो, वहां रहना।

सुरमा ने आकाश की ओर देखा।... देखा, संसार का प्रकाश बुझ गया है, सूर्य नहीं है, चन्द्र नहीं है, एक तारा भी नहीं दिखाई देता। अगल-बगल देखा, वह अस्पष्ट छाया भर न जाने कहां गायब हो गई है,

चारों तरफ़ घोर अंधकार है। छाती की धड़कन भी मानो उसकी बन्द होना चाहती है, आंखों की ज्योति भी म्लान और स्थिर होना चाहती है।

दासी ने बुलाया–जीजी!

ऊपर को देखते हुए सुरमा ने पुकारा–यज्ञ भइया–उसके बाद वह धीरे-धीरे लुढ़क पड़ी।

एकादशी बैरागी

कालीदह ब्राह्मण-प्रधान गांव है। यहां के गोपाल मुखोपाध्याय का लड़का अपूर्व बचपन से ही लड़कों का सरदार था। अबकी बार जब वह पांच-छ: बरस कलकत्ता के 'मेस' में रहकर ऑनर-समेत बी.ए. पास करके घर लौटा, तब गांव में उसकी प्रभाव-प्रतिष्ठा का कोई ठिकाना न रहा। गांव में एक जीर्ण-शीर्ण स्कूल था। बराबर की उम्रवाले उसके साथियों ने इसी बीच में अपना पढ़ना-लिखना समाप्त करके, सन्ध्या-पूजा छोड़कर, दस आना बाल छंटवाना शुरू कर दिया था, परन्तु कलकत्ता से लौटे हुए इस ग्रेजुएट छोकरे के सिर के बाल समान और उसके बीचोबीच एक मोटी चोटी की स्थापना देखकर, सिर्फ़ छोकरे ही क्यों, उनके बाप-ताऊ तक आश्चर्य से दंग रह गए।

अपूर्व शहर की सभा-सोसाइटियों में शामिल होकर, ज्ञानी पुरुषों के भाषण सुनकर, सनातन हिन्दू धर्म के अनेक गूढ़ रहस्यों का मर्म भेदकर 'देश' पहुंचा था। अब वह अनेक साथियों में इसी बात का मुक्त कंठ से प्रचार करने लगा कि इस हिन्दू धर्म के समान सनातन धर्म और नहीं है। कारण कि इसकी प्रत्येक व्यवस्था विज्ञानसम्मत है! चोटी की उपयोगिता, शरीर-रक्षा के बारे में सन्ध्या-पूजा की परम उपकारिता, कच्चे केले खाने की रासायनिक प्रक्रिया आदि अनेक अज्ञात तत्त्वों की व्याख्या सुनकर गांव के बच्चे-बूढ़े-जवान सभी मुग्ध हो गए और उसका फल यह हुआ कि थोड़े ही समय के भीतर लड़कों ने चोटी से शुरू करके सन्ध्या-पूजा,

एकादशी, पूर्णिमा और गंगा स्नान तक की ऐसी धूम मचा दी कि उनके सामने घर की औरतों तक ने हार मान ली।

हिन्दू धर्म के पुनरुद्धार और देशोद्धार आदि की कल्पना से युवकों में एकदम शोर मच गया। बड़े-बूढ़े कहने लगे, "हां, गोपाल मुखर्जी के भाग्य को सराहेंगे! लक्ष्मी जी की जैसी सुदृष्टि है, सन्तान भी वैसी ही पैदा हुई। नहीं तो आजकल के जमाने में इतनी अंग्रेज़ी पढ़-लिखकर भी इस उमर में धर्म में ऐसी मति-गति कितनों में पाई जाती है!"

लिहाज़ा 'देश' में अपूर्व एक अपूर्व वस्तु हो उठा। उसकी हिन्दू धर्म-प्रचारिणी, धूम्रपान-निवारिणी और दुर्नीति-दलनी–इन तीन-तीन सभाओं की उछल-कूद से गांव के किसान-मज़दूरों का दल तक संत्रस्त हो उठा। पांच कौड़ी तेवर ने ताड़ी पीकर अपनी स्त्री को पीटा है, यह सुनकर अपूर्व ने पूरे दल-बल के साथ उसके घर जाकर उसे ऐसा डांटा-डराया कि दूसरे ही दिन उसकी स्त्री अपने पति को लेकर मायके भाग गई! भगा कावरा बहुत रात बीते पोखर से मछली पकड़कर घर लौटते समय, गांजे की झोंक में शायद 'विद्या-सुन्दर' नाटक की मालिनी का गाना गा रहा था, ब्राह्मण पांडे के अविनाश ने वह सुन लिया तो उसने उसकी नाक से खून बहा दिया, तब कहीं छोड़ा। दुर्गा डोम का चौदह-पन्द्रह साल का लड़का बीड़ी पीता हुआ मैदान में जा रहा था, उस पर अपूर्व के दल के एक छोकरे की निगाह पड़ गई। बस, उसने उसकी पीठ पर जलती हुई बीड़ी दागकर आसमान सिर पर उठा लिया।

इस तरह अपूर्व की हिन्दूधर्म-प्रचारिणी और दुर्नीति-दलनी सभा ने भानमती के आम के पेड़ की तरह बात की बात में फूलों और फलों से कालीदह गांव को छा दिया। जब गांव की मानसिक उन्नति की तरफ़ नज़र दौड़ाई गई तो अपूर्व ने देखा कि स्कूल की लाइब्रेरी में शशिभूषण के डेढ़ मानचित्र और बंकिमचन्द्र के ढाई उपन्यासों के सिवा और कुछ नहीं है। इस दीनता के लिए उसने हेड-मास्टर को बहुत बुरी तरह फटकारा और वह स्वयं ही लाइब्रेरी के संगठन-कार्य में कमर कसकर लग

गया। उसके सभापतित्व में चन्दे की लिस्ट, नियम-क़ानूनों की तालिका और पुस्तकों की सूची बनाने में विलम्ब न हुआ। इतने दिनों तक लड़कों के धर्म-प्रचारक उत्साह को तो गांववाले किसी तरह सहते आए थे, परन्तु, अब दो ही एक दिन के अन्दर उनका चन्दा वसूल करने का उत्साह गांव के नीच-ऊंच सभी गृहस्थों के लिए ऐसा भयानक हो उठा कि खाता बगल में दबाए किसी भी लड़के को आते देखते ही वे घर के दरवाज़े-जंगले सब बन्द कर देने लगे। साफ़ देखने में आया कि गांव में धर्म-प्रचार और दुर्नीति-दलन का रास्ता जितना चौड़ा पाया गया था, लाइब्रेरी के लिए धन-संग्रह का मार्ग उसका शतांश भी प्रशस्त नहीं है! अपूर्व यह सोच ही रहा था कि क्या करना चाहिए, इतने में सहसा एक ज़बरदस्त सुमार्ग उसको दृष्टिगोचर हो गया!

स्कूल के पास ही एक छोड़ दिया गया गिरा हुआ मकान था, उसकी ओर अपूर्व की दृष्टि आकृष्ट हुई। सुनने में आया कि वह 'एकादशी बैरागी' का मकान है। खोज करने पर मालूम हुआ कि कोई दस वर्ष पहले किसी एक घिनौने सामाजिक अपराध के कारण ग्राम के ब्राहाणों ने, धोबी-नाई-मोदी आदि बन्द करके, उसे घर छुड़वाकर गांव से निर्वासित कर दिया और अब वह गांव से दो कोस उत्तर की ओर बारुईपुर गांव में रहता है। यह आदमी, सुनते हैं, रुपयों का 'घड़ियाल' है। इसका पुराना नाम क्या है, कोई नहीं कह सकता, भंडाफोड़ हो जाने के डर के मारे बहुत दिनों से उसका व्यवहार ही नहीं किया गया, इस कारण, लोगों की स्मृति से वह बिलकुल विलुप्त हो गया है। तब से 'एकादशी' नाम से बैरागी महाशय सुप्रसिद्ध हैं।

अपूर्व ने ताल ठोंककर कहा, "रुपये का घड़ियाल! सामाजिक कदाचार! तब तो, यही साला लाइब्रेरी का आधा भार उठाने के लिए बाध्य है। नहीं तो वहां भी धोबी-नाई-मोदी बन्द! बारुईपुर के जमींदार तो जीजी के ममिया ससुर हैं।"

लड़के उन्मत्त हो उठे और शीघ्र ही डोनेशन की लिस्ट में बैरागी नाम

पर एक मोटी-सी रकम चढ़ा दी गई। एकादशी से रुपये वसूल किए जाएंगे। न होंगे तो अपूर्व अपनी जीजी के ममिया ससुर से कहकर वहां के धोबी-नाई आदि बन्द करा देगा। इस समाचार के मिलते ही पंडित रसिक स्मृतिरत्न लाइब्रेरी के मंगलार्थ स्वयं प्रार्थी होकर परामर्श दे गए कि देखना है खूब बड़ी रकम बिना दिए, वह महापापी अपना यह कालीदह का घर कैसे बचाता है! गांव में न रहने पर भी अपने घर से एकादशी को अत्यन्त ममता है, यह बात रसिक पंडित से छिपी न थी।

लगभग दो साल पहले इस ज़मीन को ख़रीदकर अपने बगीचे में मिला लेने के लिए पंडित जी, भरसक कोशिश करके भी मनोरथ में सफल न हो सके थे। उनके प्रस्ताव करने पर उस समय एकादशी ने अत्यन्त साधु व्यक्ति की तरह कान में उंगली देकर कहा था, "ऐसी आज्ञा न दीजिएगा पंडित जी महाराज, उस ज़रा-सी ज़मीन के बदले ब्राह्मण से दाम लेना, यह मुझसे कभी न होगा। वह ब्राह्मणों की सेवा में लगती, तो मेरी सात पीढ़ियों का सौभाग्य होता।" इस पर स्मृतिरत्त जी ने अत्यन्त पुलकित चित्त से उसकी देव-द्विज-भक्ति की लक्ष-कोटि प्रशंसा करके असंख्य आशीर्वाद दे डाले। इसके बाद एकादशी ने हाथ जोड़कर सविनय निवेदन किया था, "परन्तु, मैं ऐसा अभागा हूं पंडित जी, कि मेरी सात पीढ़ी से चला आया हुआ यह घर किसी भी तरह मुझसे नहीं छोड़ा जाता। पिताजी मरते समय सिर की सौगन्ध देकर कह गए थे, खाने को भी न मिले बेटा, तो भी अपना घर मत छोड़ना!" आदि-आदि। उस विद्वेष को स्मृतिरत्न जी भूले नहीं हैं।

पांचेक दिन बाद, एक दिन, सबेरे अपूर्व का दल दो कोस पैदल चलकर एकादशी के दरवाज़े पर जाकर हाज़िर हो गया। मिट्टी का घर था, पर खूब साफ़-सुथरा। देखने से मालूम होता था कि लक्ष्मी का निवास है। अपूर्व या उसके दल के और किसी ने एकादशी को पहले कभी देखा नहीं था, इसलिए चंडी मंडप में पैर रखते ही उनका मन अरुचि से भर गया। यह आदमी चाहे रुपयों का घड़ियाल हो, चाहे मगरमच्छ, पर, यह तो

निःसन्देह है कि लाइब्रेरी के लिए इससे नन्हीं-सी मछली का काम नहीं निकल सकता!

एकादशी के महाजनी का पेशा होता है। उम्र साठ से ऊपर हो गई है। उसका सारा शरीर जैसा कृश है, वैसा ही शुष्क। गला तुलसी की मालाओं से भर रहा है। दाढ़ी-मूंछ सफाचट, और चेहरे की तरफ़ देखने से मालूम नहीं होता कि कहीं भी उसमें लेशमात्र भी रस-कस है। ईख मशीन के पोषण से अपना रस निकालकर जैसे अन्त में ख़ुद ही ईंधन बन के उसे जलाकर सुखा देती है, उसी तरह यह आदमी भी मानो मनुष्य को जलाकर शुष्क कर डालने के लिए ही अपने सम्पूर्ण मनुष्यत्व को निचोड़कर विसर्जन करने के लिए महाजन बन बैठा है। उसका सिर्फ़ चेहरा देखकर ही अपूर्व का मन ठंडा हो गया। चंडी-मंडप में एक मामूली-सा फ़र्श बिछा हुआ। बीच में एकादशी विराजमान है। उसके सामने एक लकड़ी की डेस्क है और एक तरफ़ बहीखातों का ढेर लगा है। एक बूढ़ा-सा गुमाश्ता गले में जनेऊ लटकाए उघड़े बदन बैठा स्लेट पर ब्याज का हिसाब लगा रहा है और सामने, अगल-बगल बरामदे में, खम्भों की ओट में, नाना उम्र और नाना अवस्था के स्त्री-पुरुष रूखे चेहरे लिए बैठे हुए हैं। कोई कर्ज़ लेने, कोई ब्याज देने और कोई सिर्फ़ मुद्दत बढ़ाने की भीख मांगने आया है, मगर कर्ज़ चुकाने के लिए कोई बैठा हो, ऐसा तो किसी के चेहरे से नहीं मालूम हुआ।

अकस्मात् बहुत-से अपरिचित शरीफ़ घरों के लड़कों को देखकर एकादशी ने चकित होकर उनकी तरफ़ देखा। गुमाश्ते ने स्लेट रखते हुए कहा, "कहां से आ रहे हैं?"

अपूर्व ने कहा, "कालीदह से।"

"महाशय, आप लोग... ?"

"हम सभी ब्राह्मण हैं।"

ब्राह्मण का नाम सुनते ही एकादशी ने बड़ी इज़्ज़त के साथ खड़े होकर गर्दन झुकाकर प्रणाम किया और कहा, "बैठने की आज्ञा हो।"

सबके बैठ जाने पर एकादशी ख़ुद भी बैठ गया। गुमाश्ते ने प्रश्न किया, "आप लोगों को क्या चाहिए?"

अपूर्व ने लाइब्रेरी की उपयोगिता के सम्बन्ध में थोड़ी-सी भूमिका बांधकर चन्दे की बात छेडी, तो देखा कि, एकादशी की गर्दन दूसरी तरफ़ मुड़ गई है। वह खम्भे के पीछे बैठी हुई एक स्त्री को सम्बोधित करके कह रहा है, "तुम क्या पागल हो गई हो हारू की मां? ब्याज तो हुआ सिर्फ़ सात रुपये दो आने, सो उनमें से भी दो आने छुड़वा लोगी! इससे तो, गले पर पैर दे जीभ निकालकर मुझे मार ही क्यों नहीं डालती?"

इसके बाद दोनों ने ऐसी खींचा-तानी शुरू कर दी, मानो इन्हीं दो आने पैसों पर उनका जीवन निर्भर हो। मगर हारू की मां जैसी दृढ़प्रतिज्ञ थी एकादशी भी वैसा ही अटल था। देर होते देख अपूर्व उन दोनों की झगड़ालू वार्ता के बीच में ही बोल उठा, "हमारी लाइब्रेरी के बारे में..."

एकादशी ने मुख़ातिब होकर कहा, "जी, अभी सुनता हूं। क्यों रे नफर, तू क्या हमें सिर पर पांव रखकर डुबो देना चाहता है? वे दो रुपये तो अभी तक चुकाए नहीं, फिर और एक रुपया मांगने किस मुंह से चला आया? हम पूछते हैं, ब्याज-व्याज भी कुछ लाया है?"

नफर के अंटी में से एक आना पैसा निकालकर देते ही एकादशी ने त्यौरियां चढ़ाते हुए कहा, "तीन महीने न हो गए रे? और दो पैसे कहां हैं?"

नफर ने हाथ जोड़ते हुए कहा, "और नहीं हैं मालिक, धाड़ा के लड़के से न जाने कितने हाथ-पांव जोड़कर एक आना लाया हूं, बाक़ी दो पैसे अगली हाट के दिन दे जाऊंगा।"

एकादशी ने गर्दन बढ़ाकर उसकी अंटी की तरफ़ देखते हुए कहा, "देखूं तेरी वह अंटी।"

नफर ने अपनी बायीं अंटी दिखाकर गर्व के साथ कहा, "दो पैसे के लिए झूठ बोलूंगा मालिक? जो ससुरा पैसे लाकर भी तुम्हें धोखा दे, उसके मुंह में कीड़े पड़ें, कह दिया मैंने।"

एकादशी ने तेज़ दृष्टि से देखते हुए कहा, "जैसे तू चार पैसे उधार ला सका वैसे ही और दो पैसे तुझसे लाते नहीं बना?"

नफर ने ग़ुस्से में आकर कहा, "क़सम न खा रहा हूं मालिक! मुंह में कीड़े पड़ें..."

अपूर्व की देह में आग लग रही थी, उससे और नहीं सहा गया, वह बोल उठा, "आप तो अच्छे आदमी मालूम होते हैं!"

एकादशी ने अपूर्व की तरफ़ एक बार सिर्फ़ देख-भर लिया, कुछ कहा नहीं। परान बाग्दी सामने के आंगन से जा रहा था, एकादशी ने हाथ के इशारे से उसे बुलाकर कहा, "परान, नफर की कांछ तो ज़रा खोल देख रे, पैसे दो बंधे हैं या नहीं।"

परान के आगे बढ़ते ही नफर ने ग़ुस्से में आकर अपने कांछ की खूंट से दो पैसे खोलकर एकादशी के सामने फेंक दिए। एकादशी को उसकी इस बेअदबी पर ज़रा भी ग़ुस्सा न आया! गम्भीरता के साथ दो पैसे डेस्क में डालकर उसने गुमाश्ते से कहा, "घोषाल जी, नफर के नाम सूद जमा कर लीजिए और क्यों, एक रुपया लेकर तू अब क्या करेगा रे?"

नफर ने कहा, "बिना ज़रूरत के ही थोड़े आया हूं साहब?"

एकादशी ने कहा, "आठ आना ले जा ना। पूरा रुपया ले जाकर जो इधर-उधर कर देगा... और क्या?"

उसके बाद बहुत घिसा-घिसी करने के बाद नफर चौधरी बारह आने क़र्ज़ लेने में सफल हुए।

अबेर बहुत हो रही थी। अपूर्व के साथी अनाथनाथ ने चन्दे की लिस्ट एकादशी के सामने फेंककर कहा, "जो देना है दे दीजिए साहब, हम अब और नहीं ठहर सकते।"

एकादशी ने लिस्ट उठाकर क़रीब पन्द्रह मिनट तक उसे शुरू से आखिर तक खूब अच्छी तरह गौर के साथ देखा और अन्त में एक उसांस लेकर उसे वापस करते हुए कहा, "मैं बूढ़ा आदमी हूं, मुझसे चन्दा क्यों?"

अपूर्व ने किसी तरह अपने ग़ुस्से को सम्हालते हुए कहा, "बूढ़े

आदमी रुपया न देंगे, तो क्या छोटे लड़के देंगे? वे पाएंगे कहां से, आप ही बताइए?"

बूढ़े ने इसका कोई उत्तर न देकर कहा, "स्कूल को तो बीस-पचीस साल हो गए। कहां...इतने दिनों से तो किसी ने लाइब्रेरी की बात नहीं उठाई बाबा? ख़ैर, जाने दो, यह कोई बुरा काम नहीं, हमारे लड़के बच्चे किताबें पढ़ें चाहे न पढ़ें, हमारे गांव के लड़के तो पढ़ेंगे। क्या कहते हो घोषाल जी?"

घोषाल ने गर्दन हिलाकर क्या कहा, कुछ समझ में न आया। एकादशी ने कहा, "अच्छा चन्दा तो दे दूंगा। किसी रोज़ आकर ले जाइएगा चार आने पैसे।... क्यों घोषाल जी, इससे कम तो अच्छा नहीं मालूम होता! इतनी दूर से आकर लड़कों ने घेरा है। कुछ भी हो, नाम फैला हुआ है, इसी से तो! और भी लोग हैं, उनके पास तो कोई मांगने नहीं जाता, क्यों जी, है कि नहीं?"

मारे ग़ुस्से के अपूर्व के मुंह से बात नहीं निकली। अनाथ ने कहा, "इन्हीं चार आने पैसों के लिए हम लोग इतनी दूर से आए हैं? सो भी और किसी दिन आकर ले जाने होंगे?"

एकादशी मुंह से एक शब्द करके सिर हिला-हिलाकर कहने लगा, "देख तो ली हालत आपने, हक़ के छः पैसे वसूल करने में नालायकों से कैसा ओछापन करना पड़ता है! सो, इस पाट के बिके बिना तो देने का सुभीता..."

मारे ग़ुस्से के अपूर्व के ओठ कांपने लगे, बोला, "सुभीता तो सब हो जाएगा जब यहां भी नाई-धोबी बन्द कर दिए जाएंगे। नीच पिशाच कहीं का, सारी देह में तिलक-चन्दन लगाकर जात खोकर वैष्णव भगत बन बैठा है, अच्छा!"

विपिन ने खड़े होकर एक उंगली उठाकर धमकाते हुए कहा, "बारुईपुर के राखालदास बाबू हमारे सम्बन्धी हैं, याद रहे बैरागी!"

बूढ़ा बैरागी इस चिन्तनीय कांड से हतबुद्धि होकर देखता रह गया,

पर गांव के लड़कों के अकस्मात इतने क्रोध का कारण उसकी समझ में ही नहीं आया। अपूर्व ने कहा, "ग़रीबों का खून चूस-चूसकर मोटा होना तुम्हारा निकालेंगे, तब छोड़ेंगे।"

नफर अब तक बैठा हुआ था। उसकी कांछ में से दो पैसे निकलवा लेने के कारण ग़ुस्से में वह भीतर-ही-भीतर उफन रहा था। उसने कहा, "जो कहा मालिक ने, ठीक कहा। बैरागी नहीं, पिशाच है। देख तो लिया आंखों के सामने किस तरह मुझसे दो पैसे वसूल कर लिए!"

बूढ़े पर फटकार पड़ने से, उपस्थित सभी कोई मन-ही-मन निर्मल आनन्द का उपभोग करने लगे। उनके चेहरे का भाव ताड़कर विपिन उत्साही होकर आंख मिचकाता हुआ बोल उठा, "तुम लोग तो भीतर की बातें जानते नहीं, लेकिन हमारे तो ये गांव के आदमी हैं, हम लोग सब जानते हैं। क्यों जी बुढ़ऊ, हमारे गांव में क्यों तुम्हारे नाई-धोबी बन्द किए गए थे, कह दूं?"

बात पुरानी थी। सब कोई जानते थे, एकादशी सद्गोपों[1] के घर पैदा हुआ है, जात-वैष्णवों में नहीं। उसकी एक मात्र सौतेली बहन प्रलोभन में पड़कर कुल के बाहर निकल गई और तब एकादशी उसे बड़े दुख से बहुत ढूंढ़-खोजकर वापस लाया, परन्तु इस कुत्सित आचरण से गांव के लोग विस्मित और अत्यन्त क्रुद्ध हो उठे, फिर भी एकादशी बिना मां-बाप की इस सौतेली छोटी बहन को किसी तरह न छोड़ सका। संसार में उसके और कोई भी न था, इसी को उसने बचपन से गोदों खिला-पिलाकर इतना बड़ा किया था। बड़े ठाट-बाट से ब्याह दिया था और फिर, कम उम्र में विधवा हो जाने पर अपने इसी भइया के घर आकर वह आदर-जतन के साथ रहने लगी थी। उम्र और बुद्धि के दोष से उस बहन के इतने ज़बरदस्त पैर निकालने से बूढ़े बेचारे ने रोते-रोते घर भर दिया। खाना-

1. 'सद्गोप' बंगाल की एक जाति है और 'वैष्णव' एक सम्प्रदाय, पर अब वैष्णव एक जाति के रूप में ही समझे जाते हैं।

पीना-सोना छोड़कर गांव-गांव और शहर-शहर छानकर अन्त में जब बहन का पता लगा तो उसे घर वापस ले आया तब गांववालों के निष्ठुर शासन को सिर-माथे रखकर, अपनी इस शर्म, भारी ग़म लिए, अभागिनी बहन को फिर घर से निकालकर ख़ुद प्रायश्चित करके जात में शामिल होने के लिए वह किसी भी तरह राजी न हो सका। उसके बाद गांव में उसके नाई-धोबी आदि बन्द कर दिए गए। अन्त में एकादशी निरुपाय हो भेष लेकर वैष्णव हो गया और इस बारुईपुर में भाग आया। इस बात को सभी जानते थे, फिर भी, किसी दूसरे आदमी के मुंह से उस कलंक-कहानी का माधुर्य लेने के लिए लोग उत्सुक हो उठे, परन्तु एकादशी लज्जा से, भय से, बिलकुल सिटपिटा-सा गया, पर वह अपने लिए नहीं, अपनी छोटी बहन के लिए।

प्रथम यौवन के अपराध ने गौरी के हृदय के भीतर जो गहरा घाव कर दिया था, आज भी वह वैसे-का-वैसा बना हुआ है, ज़रा भी सूखा नहीं है, वृद्ध एकादशी इस बात को अच्छी तरह जानता है। कहीं का कोई ज़रा-सा इशारा भी गौरी के कानों तक जाकर उसके दर्द को हिला-डुलाकर ताज़ा न कर दे, इस आशंका से एकादशी रंग उड़े चेहरे से चुपचाप टुकुर-टुकुर देखता रहा। उसकी इस करुण दृष्टि की सूनी विनीत प्रार्थना पर और किसी की निगाह नहीं पड़ी, पर अपूर्व सहसा इस बात को ताड़ गया और मारे आश्चर्य के अवाक हो गया।

विपिन कहने लगा, "हम लोग क्या भिखारी हैं, जो ऐसी कड़ी धूप में दो कोस रास्ता पैदल आकर चार आने पैसे भीख मांगने आए हैं? सो भी आज नहीं, न जाने कब किस आसामी का पाट बिकेगा, उसका पता लगाकर हम लोगों को और पैदल दौड़ना पड़ेगा तब कहीं अगर बाबू साहब की मेहरबानी हो जाए! लेकिन लोगों का खून चूसकर जो सूद खाया करते हो बुड्ढे, सोचा, होगा, कि जोंक पर जोंक नहीं बैठती, क्यों? अगर मैं यहां भी तुम्हारा हाल बेहाल न कर दूं, तो मेरा नाम विपिन भट्टचार्य नहीं। छोटी जात के पास पैसा हो गया है न, इसीलिए आंख-कान

से दिखाई-सुनाई नहीं देता, क्यों? चलो जी अपूर्व, हम लोग चलें, फिर जो कुछ करना होगा, किया जाएगा।" कहकर वह अपूर्व का हाथ पकड़कर खींचने लगा।

क़रीब ग्यारह बज चुके थे, ख़ासकर इतना रास्ता पैदल आने के कारण अपूर्व को बहुत ज़ोर की प्यास लग रही थी और कुछ देर पहले उसने नौकरानी से पानी लाने को कह भी दिया था। उसके बाद इस कलह-विवाद में उसकी उसे याद नहीं रही। इतने में एक हाथ में पानी का गिलास और दूसरे हाथ में बताशों से भरी रकाबी लिए हुए सत्ताईस-अट्ठाईस वर्ष की विधवा स्त्री ने जब पास के दरवाज़े से प्रवेश किया, तब उसे अपने पानी मांगने की बात याद हो आई। गौरी को देखकर उसे कोई नीच जाति की हरगिज़ नहीं कह सकता। सफ़ेद वस्त्र पहनकर, स्नान करके तुरन्त ही शायद सन्ध्या-पूजा करने बैठी होगी, नौकर से ब्राह्मण ने जल मंगाया है, सुनते ही वह सन्ध्या-पूजा छोड़कर दौड़ी आई है। आने के साथ ही उसने कहा, "आप लोगों में से किसी को जल चाहिए था न?"

विपिन ने कहा–पाट की साड़ी पहन लेने से ही क्या तुम्हारे हाथ का पानी लेंगे हम लोग? अपूर्व, यही हैं विद्याधरी, देख लो!

पलक मारते ही उस विधवा के हाथ से बताशों की रकाबी झन्न से नीचे गिर पड़ी और उस असीम लज्जा के भाव को अपनी आंखों से देखकर, अपूर्व स्वयं शर्म के मारे गड़ गया। उसने क्रोध के साथ विपिन को कोहनी मारते हुए कहा–यह सब क्या बन्दरपन कर रहे हो? ज़रा भी तुम्हें समय देखकर बोलने का शऊर नहीं है!

विपिन गंवई-गांव का आदमी ठहरा, झगड़े के समय दूसरे का मुंह के सामने अपमान करने में नर-नारी का भेदाभेद न रखनेवाला वह निष्पक्ष वीर पुरुष है, इसलिए अपूर्व के बिगड़ने पर और भी निष्ठुर हो उठा। लाल-लाल आंखें निकालकर ज़ोर से बोला–क्यों, कोई झूठी बात कह रहा हूं क्या? उसकी इतनी हिम्मत हो गई कि ब्राह्मण घराने के लड़कों के लिए पानी लाती है! मैं बीच बाज़ार में भंडा फोड़ सकता हूं, जानते हो?

अपूर्व समझ गया, अब तर्क नहीं चल सकता और उससे अपमान की मात्रा बढ़ने के सिवा घट नहीं सकती। बोला–मैंने ही लाने को कहा था विपिन, तुम बिना जाने यूं ही झगड़ा मत करो, चलो, अब हम लोग चल दें।

गौरी रकाबी उठाकर, किसी की तरफ़ बिना देखे, चुपचाप दरवाज़े के पीछे जाकर खड़ी हो गई और वहां से बोली–भइया, ये चन्दा लेने आए थे, तुमने दे दिया?

एकादशी अब तक बेचारगी के साथ बैठा था, बहन के पुकारने से चकित होकर बोला–नहीं बहन, अभी दिए देता हूं।

अपूर्व की तरफ़ देखकर उसने हाथ जोड़के कहा–बाबू साहब, मैं ग़रीब आदमी हूं, चार आने मेरे लिए बहुत हैं, दया करके ले लीजिए।

विपिन फिर कोई एक कड़ा जवाब देना ही चाहता था कि अपूर्व ने इशारे से उसे मना कर दिया, परन्तु इतना कांड हो जाने के बाद फिर उसी चार आने के प्रस्ताव से उसे ख़ुद भी घृणा मालूम हुई। अपने को सम्हालते हुए उसने कहा–रहने दो बैरागी, तुम्हें कुछ भी न देना होगा।

एकादशी समझ गया, यह ग़ुस्से की बात है। एक उसांस लेकर बोला–कलिकाल है! सुविधा पाने पर क्या कोई दूसरे की गर्दन मरोड़ने से बाज आता है! दो घोषालजी, पांच आने पैसे ही ख़र्च-खाते लिख दो और क्या करोगे बताओ? कहकर बैरागी ने फिर एक लम्बी सांस ली। उसका चेहरा देखकर अपूर्व को अबकी हंसी आ गई। इस सूद-खोर वृद्ध के लिए चार आने-पांच आने के बीच कितना बड़ा भेद है, इसे उसने मन-ही-मन समझ लिया और मन्द मुस्कुराकर कहा–रहने दो बैरागी, तुम्हें नहीं देना होगा। हम चार-पांच आने पैसे चन्दे में नहीं लेते, अब हम लोग जाते हैं।

मालूम नहीं क्यों अपूर्व को बहुत ही आशा थी कि इस पांच आने के विरुद्ध कम-से-कम दरवाजे की ओट में से अवश्य प्रतिवाद होगा। उसके आंचल का छोर अब तक वहीं दीख रहा था, परन्तु उसने कोई बात नहीं कही। जाने से पहले अपूर्व ने सचमुच ही बड़े क्षोभ के साथ मन-ही-मन

कहा, ये लोग वास्तव में अत्यन्त क्षुद्र हैं। दान देने के बारे में पांच आने से ज़्यादा ये सोच ही नहीं सकते। पैसे ही इनके प्राण हैं, पैसा ही इनका हड्डी-मांस है, पैसे के लिए संसार में ऐसा कोई काम नहीं जो ये न कर सकते हों।

अपूर्व के अपने दल-बल सहित उठ खड़े होते ही एक दस-ग्यारह वर्ष के लड़के पर अनाथ की निगाह पड़ी। लड़के के गले में उत्तरीय[1] पड़ा था, शायद उसके घर पितृ-वियोग या ऐसी ही कोई दुर्घटना हुई होगी। उसकी विधवा मां बरामदे में खम्भे की ओट में बैठी थी। अनाथ ने आश्चर्य के साथ पूछा–पुंटू, तू यहां कैसे?

पुंटू ने उंगली दिखाकर कहा–मेरी मां बैठी हैं। मां ने कहा है, हमारे बहुत सारे रुपये इनके पास जमा हैं। कहते हुए उसने एकादशी की तरफ इशारा किया।

इस बात को सुनकर सभी कोई विस्मित और कुतूहली हो उठे। अन्त इसका क्या होता है, यह देखने के लिए अपूर्व, खूब ज़ोर की प्यास होते हुए भी, विपिन का हाथ पकड़कर बैठ गया।

एकादशी ने पूछा–तुम्हारा नाम क्या है बेटा! कहां घर है?

बच्चे ने उत्तर दिया–मेरा नाम शशधर है, इन लोगों के गांव में रहते हैं, कालीदह में।

–तुम्हारे बाप का नाम क्या है?

लड़के की तरफ़ से अनाथ ने जवाब दिया–इसके बाप बहुत दिन हुए मर गए। बाबा रामलोचन चटर्जी अपने लड़के की मृत्यु के बाद घर-गृहस्थी छोड़कर बाहर निकल गए थे। सात वर्ष बाद, महीना-भर हुआ, वे फिर घर लौट आए थे कि परसों बेचारों के घर आग लग गई। आग

---

1. बंगाल में माता-पिता या दादी-बाबा आदि किसी के मर जाने पर गले में कोरे कपड़े की एक धजी-सी पहनी जाती है, जो अशौच दूर होने तक रहती है और क्रियाकर्म के दिन उतार दी जाती है।

बुझाने में जलकर मर गए... और कोई है नहीं, बस यह एक नाती ही श्राद्ध का अधिकारी बच रहा है।

इस बात को सुनकर सभी ने दुख प्रकट किया, सिर्फ़ एक एकादशी ही चुपचाप बैठा रहा। कुछ देर बाद उसने प्रश्न किया–रुपयों का कोई काग़ज़-पत्तर है? जाओ, अपनी मां से पूछ आओ।

लड़का मां से पूछ आया और बोला–काग़ज़-पत्तर कोई नहीं है, सब जल गए।

एकादशी ने पूछा–कितने रुपये थे?

अबकी बार विधवा ने आगे बढ़कर माथे का पल्ला नीचा करते हुए कहा–बाबा जी मरने से पहले कह गए हैं कि पांच सौ रुपया जमा रखकर वे तीर्थ-यात्रा करने गए थे। बाबा, हम लोग बड़े ग़रीब हैं सब रुपया न दो तो कम-से-कम कुछ भीख ही हम लोगों को दे दो! यह कहकर विधवा भीतर-ही-भीतर घुमड़-घुमड़के रोने लगी। घोषाल जी खाता-बही लिखना छोड़ एकाग्रचित्त से सब सुन रहे थे। उन्होंने आगे बढ़कर प्रश्न किया–हम पूछते हैं, कोई गवाही-अवाही भी है?

विधवा ने गर्दन हिलाकर कहा–नहीं, हम लोग भी नहीं जानते थे। बाबा जी हम लोगों से छिपाके रुपये जमा करके चले गए थे।

घोषाल ने मृदु हास्य के साथ कहा–सिर्फ़ रोने से ही काम नहीं होता जी। यह सब नकद रुपये-पैसे का मामला ठहरा! गवाह नहीं, काग़ज़-पत्तर नहीं, तो फिर कैसे क्या होगा, बताओ?

विधवा फूट-फूटकर रोने लगी, परन्तु रोने का नतीजा क्या होगा, सो किसी से छिपा न था, सब समझ रहे थे। अब एकादशी ने बात की। घोषाल की तरफ़ देखकर कहा–हमें ख़याल आ रहा है, किसी ने पांच सौ रुपया जमा करके फिर लिए नहीं हैं। तुम ज़रा पुराने खातों में ढूंढ़ो तो सही, कुछ लिखा-विखा है या नहीं।

घोषाल ने झल्लाकर कहा–कौन इतनी अबेर में भूत की बेगार करने जाए साहब? न गवाह हैं, न रसीद-वसीद ही कुछ...

बात ख़तम होने के पहले ही दरवाज़े के पीछे से जवाब आया–रसीद नहीं है, तो क्या ब्राह्मण के रुपये ही डूब जाएंगे? पुरानी बही देखिए, आपसे न हो तो मुझे दीजिए, मैं देखे देती हूं।

सबने एक साथ विस्मित होकर दरवाज़े की तरफ़ आंख उठाकर देखा, मगर जिसने हुक्म दिया था, वह दिखाई नहीं दी।

घोषाल ने ज़रा नरम होकर कहा–कई साल हो गए बेटी, उतने दिनों के खाते ढूंढ़ निकालना आसान काम नहीं है। खाते-बहियों का कोई ठीक है, ढेर लगे हैं! हां, सो जमा होंगे, तो मिलेंगे क्यों नहीं! फिर विधवा की तरफ़ मुख़ातिब होकर कहा–तुम बेटी, रोओ मत, हक़ के रुपये होंगे तो मिलेंगे क्यों नहीं? अच्छा, कल हमारे घर आना, सब बातें पूछ-ताछकर बही-खाते देखके निकाल दूंगा। आज इतनी अबेर हो गई है। अभी तो होना मुश्किल है।

विधवा ने उसी वक़्त राजी होकर कहा–अच्छा, कल सबेरे ही आपके यहां आ जाऊंगी।

आ जाना–कहकर घोषाल ने गर्दन हिलाते हुए सामने के बही-खाते सब, उस दिन के लिए, बन्द कर दिए।

परन्तु पूछ-ताछ करने के बहाने विधवा को अपने घर पर बुलाने का अर्थ बिलकुल स्पष्ट था। किवाड़ों की ओट में से गौरी ने कहा–आठ साल पहले की बात है तो, 1951 संवत् का खाता ज़रा निकालिए तो सही, रुपये जमा हैं या नहीं, सब मालूम हो जाएगा।

घोषाल ने कहा–इतनी जल्दी क्या पड़ी है, बेटी?

गौरी ने कहा–मुझे दीजिए, मैं देखें देती हूं। ब्राह्मण के घर की बहू दो कोस पैदल चलकर आई है, फिर दो कोस इस घाम में पैरों चलके जाएगी और फिर कल आपके पास आएगी। इतनी झंझट की ज़रूरत क्या है, घोषाल काका?

एकादशी ने कहा–सच्ची ही तो कह रही है घोषाल जी, ब्राह्मण की बहू को झूठ-मूठ इधर-से-उधर हैरान करना क्या अच्छा है? देखो-देखो, चटपट देख दो।

क्रुद्ध घोषाल महाशय तब बड़बड़ाते हुए उठे और बगल की कोठरी में से 1951 संवत् वर्ष का खाता निकाल लाए। दसेक मिनट पन्ने उलट-पलटकर सहसा बहुत ही ख़ुश होकर बोल उठे–वाह! अपनी गौरी बेटी की क्या याददाश्त है! ठीक उसी साल की बही में जमा मिल गया! यह रहा रामलोचन चटर्जी का जमा पांच सौ...

एकादशी ने कहा–अब ज़रा चटपट ब्याज तो जोड़ डालो, घोषाल जी।

घोषाल ने आश्चर्य में आकर कहा–अब ब्याज भी?

एकादशी ने कहा–क्यों, दोगे नहीं? रुपया इतने दिनों तक काम में लगा रहा, रखा तो नहीं रहा! आठ साल का सूद लगाओ, इधर के कुछ महीनों को छोड़ दो।

जोड़ने पर सूद और असल मिलाकर कुल साढ़े सात सौ रुपए हुए। एकादशी ने बहन को लक्ष्य करके कहा–बहन, रुपये निकाल ला सन्दूक में से। क्यों पुंटू की मां, सब रुपये एक साथ ही ले जाओगी न?

विधवा के अन्तर की बात अन्तर्यामी ने सुन ली, आंखें पोंछते हुए उसने एकादशी से कहा–नहीं तो, इतने मुझे नहीं चाहिए। अभी सिर्फ़ पचास रुपये दे दो।

"सो ही ले जाओ बहू, घोषाल जी, बही मुझे दो ज़रा, सही कर दूं। और बाक़ी रुपयों का तुम एक रुक्का लिख दो।"

घोषाल ने कहा–मैं ही दस्तख़्त किए देता हूं, आप क्यों...

एकादशी ने कहा–नहीं-नहीं, मुझे ही दे दो न, अपनी आंखों से देख लूं।

कहते हुए उसने बही हाथ में ली और आधेक मिनट उसे देख-दाखकर हंसते हुए कहा–घोषाल जी, इसमें तो असली मोती की एक जोड़ी ब्राह्मण के नाम और भी जमा है। मैं तो जानता हूं न, आपको हर वक़्त एक-सा नहीं दिखाई देता।

यह कहता हुआ एकादशी दरवाज़े की तरफ़ देखकर ज़रा हंसा। इतने

आदमियों के सामने मालिक की व्यंग्योक्ति से घोषाल का मुंह काला हो गया!

उस दिन का सब काम हो जाने पर अपूर्व जब अपने साथियों को लेकर तपते हुए रास्ते पर निकल आया, तो उसके मन के भीतर एक क्रान्ति-सी मची हुई थी।

घोषाल साथ में था, उसने विनय के साथ पुकारकर कहा–आइए, इस ग़रीब के घर गुड़ से ही सही, कम-से-कम ज़रा पानी तो पी लीजिए।

अपूर्व मुंह से कुछ न कहकर चुपचाप पीछे-पीछे चलने लगा। घोषाल की देह जली जा रही थी, उसने एकादशी को लक्ष्य करके कहा–देखी आपने इस छोटी जात के नालायक की हिमाकत! आप जैसे ब्राह्मणों के पैरों की खूब धूल पड़ी घर में, हरामजादे की सोलह पीढ़ियों का अहोभाग्य समझो! साला पिशाच है, पांच आने पैसे देकर भिखारी टरकाना चाहता है।

विपिन ने कहा–दो दिन ठहर जाइए न। हरामजादे महापाजी को यहां भी नाई-धोबी का बहिष्कार कराकर पांच आने पैसे देने का मज़ा चखाए देता हूं। राखाल बाबू हमारे रिश्तेदार हैं... हां, यह याद रखिए घोषाल साहब!

घोषाल ने कहा–मैं ब्राह्मण हूं। दोनों शाम सन्ध्या-पूजा बिना किए पानी तक नहीं पीता। दो मोतियों के लिए इस भरी दोपहरी में कैसा मेरा मान ग़लत किया, आंखों से देख तो लिया आपने! नालायक का भला होगा, इसका कभी ख़याल भी मत कीजिए और वह हरामजादी, जिसे छूने से नहाना पड़ता है, क्या करती है। ब्राह्मण के पीने के लिए पानी लाती है! रुपये की ठसक तो देखो ज़रा!

अपूर्व ने अब तक एक भी बात में अपनी बात नहीं मिलाई थी। चलते-चलते सहसा वह बीच रास्ते में खड़ा हो गया, बोला–अनाथ, मैं वापस लौट रहा हूं भाई, मुझे बड़ी ज़ोर की प्यास लगी है।

घोषाल ने आश्चर्य के साथ कहा–लौटकर कहां जाओगे! वह रहा, सामने ही तो मेरा मकान दीख रहा है।

–अपूर्व ने सिर हिलाकर कहा–आप इन लोगों को ले जाइए, मैं जाता हूं वहीं एकादशी के घर पानी पीने।

एकादशी के घर पानी पीने! सब-के-सब एक साथ त्यौरियां चढ़ाकर खड़े हो गए। विपिन ने उसका हाथ पकड़कर एक झटका देते हुए कहा–चलो-चलो, भरी दोपहरी में, ऐसी कड़ी धूप में, बीच रास्ते पर मज़ाक़ अच्छा नहीं लगता। तुम तो ज़रूर जाओगे ऐसे ही हो न! तुम पीओगे एकादशी की बह्न का छुआ पानी!

अपूर्व ने अपना हाथ खींचकर दृढ़ता के साथ कहा–हां-हां, सचमुच मैं उसका लाया हुआ वही पानी पीने जा रहा हूं। तुम लोग घोषाल महाशय के यहां से खा-पी आओ, मैं उस पेड़ के नीचे बैठा मिलूंगा।

उसके शान्त और स्थिर कंठ-स्वर से हतबुद्धि होकर घोषाल ने कहा–इसका प्रायश्चित करना पड़ता है, सो मालूम है?

अनाथ ने कहा–पागल तो नहीं हो गए?

अपूर्व ने कहा–सो तो नहीं मालूम, पर प्रायश्चित करना पड़ेगा, तो वह उस समय आराम से बैठकर सोचा जाएगा, लेकिन अभी नहीं रुक सकता।–कहता हुआ वह उसी चटकती हुई धूप में जल्दी-जल्दी एकादशी के घर की ओर चल दिया।

बोझ

सागरपुर में आज बड़ी धूमधाम है, नौबत और नगाड़ों की धूम से गांव-का-गांव गरम हो उठा है। एक हफ़्ते से यहां जो ऊधम मच रहा है, । सो गांव और उसके इर्द-गिर्द चार-पांच कोस के सभी लोग जानते हैं। इस राजसूय यज्ञ में ढोल-नगाड़ों का ऐसा महान एकत्र समावेश, नौबतवालों का ऐसा आदर्श एकता-भाव और कांसे के बाजों का ऐसा भारी ताम-झाम दिखाई दिया था कि गांववालों ने इसके पहले ऐसा कभी न देखा था।

तरह-तरह के बाजों की सहायता से मनुष्य-जाति में जो आनन्द, कोलाहल उठ खड़ा हुआ, उससे गांव के पशु बहुत ही नाख़ुश हो उठे थे, ख़ासकर गाय-बछड़े। ढोल-नगाड़ों के आत्म-द्रोह से उनकी मर्म-पीड़ा की सीमा न रही थी। इतने समारोह का कारण था, एक नाबालिग चौदह साल के लड़के का ब्याह! सागरपुर के जमींदार श्रीमान हरदेव मित्र के एकमात्र पुत्र के विवाह के उपलक्ष्य में यह धूम मची है! हरदेव मित्र काफ़ी बड़े आदमी हैं, लगभग पच्चीस-छब्बीस हज़ार रुपये सालाना उनकी आय है। पुत्र का नाम है श्रीयुत सत्येन्द्रकुमार मित्र, जो हेयर साहब के स्कूल में एंट्रेंस क्लास में पढ़ता है। इतनी कम उम्र में ब्याह होने का कारण है सत्येन्द्र की मां की साध कि वे अपने इकलौते बेटे की बहू का मुंह जल्दी-से-जल्दी देखें।

वर्द्धभान जिले के दिलजानपुर के जमींदार श्रीमान कामाख्याचरण चौधरी की कनिष्ठ कन्या सरला के साथ सत्येन्द्र का ब्याह हो गया।

गोरी सुन्दर बहू है, सत्येन्द्र बहुत ही ख़ुश है।

दस साल की सुन्दर छोटी गोरी बहू का चेहरा देखकर सत्येन्द्र की मां भी बहुत प्रसन्न हुई। ब्याह के दूसरे साल ही बहू को विदा कर लाए। कारण, गृहिणी का ऐसा अभिप्राय न था कि बहू को मायके में ही छोड़ दें वे अक्सर कहा करती थीं कि ब्याह के बाद लड़की को मायके में नहीं रखना चाहिए। उनकी राय तो बुरी नहीं थी!

सत्येन्द्र के पढ़ने की सहूलियत के लिए हरदेव बाबू को पत्नी सहित कलकत्ता ही रहना पड़ता था, सरला भी कलकत्ता आ गई। कम उम्र में ब्याह हुआ था, इसलिए सरला हरदेव बाबू से बोलती थी, यहां तक कि सत्येन्द्र के मौजूद रहने पर भी वह सास से बातें करती थी। सास को इससे आनन्द के सिवा दुख न होता था।

कुछ दिन बाद कामाख्या बाबू सरला को अपने यहां लिवा ले गए। इसके दो-एक महीने बाद सत्येन्द्र ने एक बार ग़ुस्सा होकर कहा, "किताबों में गर्द चढ़ गई है, दवात में स्याही सूख गई है, ऐसा कोई नहीं है कि इन्हें देखे-भाले!"

बात मां ने समझी, हरदेव बाबू के भी कानों तक पहुंच गई। उन्होंने हंसकर बहू को विदा करा लाने के लिए आदमी भेज दिया। लिख दिया, "यहां घर में बड़ा झगड़ा उठ खड़ा हुआ है, बहू के आए बग़ैर शायद थमने का नहीं! इसलिए बहू को विदा कर दीजिएगा।"

सरला फिर आई। सत्येन्द्र के छोटे-मोटे काम वही किया करती थी। किताबों को पोंछ-पांछकर ठीक से सजाकर रखना, कॉलेज जाने के कपड़े ठीक से तैयार रखना, अर्थात जल्दी में दो कफों में दो तरह के बटन न लग जाएं, अथवा खाने में बहुत देर हो गई है, कॉलेज का घंटा बीता जा रहा है, ऐसे मौक़े पर कहीं एक पांव में कार्पेट का जूता और दूसरे में वार्निश का जूता न पहिना जाए, उजले साफ़ कोट पर कहीं रजक-भवन को शुभ-गमन करने के लिए तैयार किया हुआ दुपट्टा जुल्म न कर बैठे, इन सब कामों को सरला ही सम्हाला करती थी। सरला के न रहने से

अक्सर ऐसी ही गड़बड़ हुआ करती थी। ऐसा अन्यमनस्क आदमी कभी किसी ने न देखा होगा। ये सब काम सरला के सिवा और किसी से होते भी न थे और होते भी थे तो वे सत्येन्द्र की आंख पर न चढ़ते, इससे सरला ही को सब करना पड़ता था।

सुशीला सरला की बड़ी जीजी है। उसके लड़के का अन्नप्राशन है। लिहाज़ा कामाख्या बाबू अपने दोहते के अन्नप्राशन के अवसर पर सरला को विदा कराने के लिए कलकत्ता आए।

सरला की जीजी ने सरला और सत्येन्द्र को आने के लिए विशेष अनुरोध के साथ पत्र लिखा है। विशेषतः इसलिए कि सरला क़रीब तीन साल से दिलजानपुर नहीं गई। सत्येन्द्र भी जब चलने के लिए राजी हो गया, तब कामाख्या बाबू परम आनन्द से दामाद और लड़की को लेकर 'देश' चले आए।

सरला की मां बहुत दिनों बाद लड़की और दामाद को पाकर अत्यन्त प्रसन्न हुईं। जिसके लड़के का अन्नप्राशन है, उसने आकर दोनों को बहुत-सी बातें सुनाई और अनेक प्रकार से उन्हें ख़ुश कर दिया।

शुभ कार्य निर्विघ्न समाप्त हो जाने के बाद सत्येन्द्र ने घर जाना चाहा, पर सास ने इस पर विशेष आपत्ति की, कहा, "इतने दिनों बाद आए हो, कुछ और दिन रह लो।"

सरला ने भी नहीं छोड़ा। लिहाज़ा और भी दो-चार दिन रहने के लिए सत्येन्द्र राजी हो गया। दो-चार दिन बीत गए, मगर फिर भी सरला ने जाना नहीं चाहा, परन्तु बिना जाए भी काम नहीं चल सकता, पढ़ाई-लिखाई की विशेष हानि होगी। परीक्षा को भी ज़्यादा दिन नहीं हैं। चलते समय सरला ने पूछा, "मुझे फिर कब लिवा ले जाओगे।"

सत्येन्द्र ने कहा, "जब चाहोगी, तभी।"

"तो मुझे दस-बारह दिन बाद ही ले जाना।"

सत्येन्द्र अत्यन्त आनन्दित हुआ। उसने इतना नहीं सोचा था।

फिर सरला ने आंसुओं से पति को विदा करते हुए कहा, "देखना, मेरे लिए ज़्यादा सोच मत करना और रात-भर पढ़-पढ़कर बीमार मत हो जाना!"

रात को दस बजे से ज़्यादा न पढ़ने के लिए सरला ने अपने सिर की क़सम दिला दी। न जाने कैसा रीता-रीता उदास मन लेकर सत्येन्द्र कलकत्ता पहुंचा।

सत्येन्द्र एक पुस्तक लिए बैठा था। पुस्तक के पन्नों के साथ मन का ज़बरदस्त द्वन्द्व-युद्ध होने लगा।

सत्येन्द्र ने गिनकर देखा, दिन-भर में उसने सिर्फ़ छब्बीस लाइनें पढ़ी हैं। दुखी होकर उसने सोचा, वाह, इस तरह पढ़ने से तो पास हो चुका! क्रमशः मामूली दुख क्रोध में परिणत हो गया। उसने सोचा, यह सब उसी दुष्ट सरला का दोष है। आज पांच दिन आए हो गए, ज़रा भी नहीं पढ़ सका। पहले सोचता था कि पढ़ते वक़्त वह तंग किया करती है, दस बजे के बाद पढ़ न सकूं, इसलिए बत्ती बुझा देती है, उसे कहीं भेजकर अच्छी तरह पढ़ूंगा। पर हुआ ठीक उससे उलटा। कल ही उसे लिवाने जाऊंगा, नहीं तो क्या शरम की ख़ातिर फेल हो जाऊं!

कुछ भी हो, सत्येन्द्र इस तरह की कोई तरकीब निकाल रहा था कि कैसे उसे बुलाया जाए? कहूं तो कैसे कहूं? शर्म लगती है। उससे इतना प्रेम कैसे हो गया? दो दिन...

इतने में नौकर ने आकर एक टेलीग्राम दिया, सत्येन्द्र अत्यन्त विस्मित हुआ। अब सोचने का वक़्त नहीं, कहां का तार है?... लिफ़ाफ़ा खोलते ही सत्येन्द्र का हृदय कांप उठा। भीतर जो कुछ लिखा था, उससे उसका सिर एकबारगी चकरा गया। सरला बीमार है!

उसी दिन हरदेव बाबू सत्येन्द्र को लेकर दिलजानपुर चल दिए।

मकान के सामने ही कामाख्या बाबू से उनकी भेंट हो गई। हरदेव बाबू ने चिल्लाकर पूछा, "बहू की तबीयत कैसी है?"

हरदेव बाबू ने भीतर जाकर देखा, सरला विशूचिका रोग से पीड़ित

है। एक दिन में ही मानो सरला को अब पहचाना नहीं जाता। आंखें बैठ गई हैं, कमल के समान चेहरे पर स्याही-सी पुत गई है। अनुभवी हरदेव बाबू समझ गए, हालत अच्छी नहीं है। आंखें पोंछते हुए पुकारा, "बेटी सरला !"

सरला ने आंखें खोलकर देखा। तब तक उसको काफ़ी होश था।

"कैसी तबीयत है, बेटी ?"

सरला ने हंसकर कहा, "अच्छी तो हूं।"

दोनों ही जने समझ गए, आपस में समझौता हो गया। सबके चले जाने पर सत्येन्द्र पास आकर बैठ गया। दारुण आतंक से उसके मुंह से बात नहीं निकली, फिर ज़बरदस्ती नीरस बैठे हुए गले से सत्येन्द्र ने पुकारा, "सरला !" सूखा-बैठा हुआ स्वर है। सो क्या हर्ज है ? है तो वही चिर-परिचित स्वर, वही प्यार की बुलाहट–सरला ! इसमें क्या ग़लती हो सकती है ? सरला ने आंखें खोलीं और देखा। उसने हरदेव बाबू को देखकर पहले से ही सत्येन्द्र के आने का कुछ-कुछ अनुमान कर लिया था। सरला पति से मज़ाक़ करना बहुत पसन्द करती है, उसने हंसकर कहा, "क्या लेने आए हो ?"

आवाज़ बैठ गई है। अब तक किसी तरह सत्येन्द्र आंसुओं को रोके हुए था, सरला की हालत देखकर उसका वह बालू का बांध टूट गया।

सत्येन्द्र जानता था कि इस समय रोना नहीं चाहिए। मगर जली आंखों को क्या इतनी समझ है ? आंसुओं ने धीरे-धीरे, एक के बाद एक, बूंद-बूंद टपकाना शुरू कर दिया। वे आज सरला के अंगों में समाए जा रहे हैं उन्हें ऐसा मौक़ा पहले कभी नहीं मिला। तुम्हारी या सरला की ख़ातिर वे क्या ऐसे मौके को छोड़ दें ? सरला ने कभी पति को रोते हुए नहीं देखा। वह भी रो दी। बहुत देर बाद आंखें पोंछकर बोली, "छिः, रोते क्यों हो ? मर्दों को क्या रोना चाहिए ?"

"यह क्या ?... ठीक है सरला, खूब समझीं ! भीतर की अगन से वे सूखकर पत्थर हो जाएं, पर एक बूंद भी बाहर न गिराने पावें ! आंसू

स्त्रियों के लिए हैं, पुरुषों को उसमें हाथ लगाने का अधिकार नहीं! मर्म-वेदना से जल-जल जाओ, पर रोने नहीं पाओगे। रोने से औरत जो हो जाओगे! सरला, यह व्यवस्था क्या तुम्हीं लोगों ने की है!"

सरला ने पति का एक हाथ अपने हाथ में ले लिया और उसे दबाकर रोते हुए कहा, "दूसरा जनम मानते हो?"

सत्येन्द्र ने रोते-रोते कहा, "मानता था या नहीं, सो नहीं जानता, पर आज से पूरी तौर से मानूंगा।"

सरला के चेहरे पर कुछ हंसी के चिह्न दिखाई दिए।

दवा पिलाने का समय होते देख कामाख्या बाबू, हरदेव बाबू और डॉक्टर साब ने कमरे में प्रवेश किया। डॉक्टर ने नाड़ी देखकर कहा, "उम्मीद बहुत कम है, फिर ईश्वर की इच्छा।"

ईश्वर की इच्छा से दूसरे दिन सबेरे सात बजे सरला का देहान्त हो गया!

शाम के वक़्त हरदेव बाबू सत्येन्द्र को लेकर कलकत्ता लौट आए।

क्या जाने क्या हो गया है। राज-शय्या पर शयन करके इन्द्र जैसे सुख का कुछ-कुछ अनुभव कर रहा था, किसी ने झकझोरकर उठा दिया और सब सुख को मिट्टी में मिला दिया। आधी रात के वक़्त उठकर बैठ गया हूं, नींद उचट गई है, अपनी जीवन-सहचरी की उसी अर्द्धछिन्न खाट पर पड़ा हुआ हूं, मैं रोऊं या हंसूं? सुख के स्रोत में अनन्त की ओर बहा जा रहा था, सहसा मानो किन्हीं अनजाने लोगों के जाल में बंध गया हूं, अब शायद कभी बचकर न जा सकूंगा, सबकुछ जैसे उलट गया है। जीवन के केन्द्र तक को कोई मानो खींचकर उसकी परिधि के बाहर ले गया है। कुछ भी सूझ नहीं रहा है! यह क्या हो गया? रात्रि में सत्येन्द्रनाथ खिड़की के पास बैठा हुआ सागरपुर का अंधकार देख रहा था। पेड़-पौधे न जाने कैसे एक निस्तब्ध-भाव का सत्येन्द्र के साथ लेन-देन कर रहे थे।

सांय-सांय करके पवन बहती हुई निकल गई। कुछ कह गए क्या?

कहा क्यों नहीं? वही एक ही बात है। सभी चीज़ें वही एक ही बात कहती फिरती हैं कि हो क्या गया है? पपीहा अब पिया-पिया नहीं कहता, ठीक मानो उससे उलटा कहता है, मर गई! हाय-हाय! पिड़कुलिया भी अब अपना बोल नहीं बोलती। 'बऊ, बात कर' की जगह अब वह भी 'बऊ, गई मर' कहती है। सभी चीज़ें वही एक ही बात बार-बार क्यों कहती फिरती हैं? और 'सांय-सांय' करती हुई जो नैश पवन बह रही है, वह भी ठीक मानो यही बात कहती है–नहीं है, वह नहीं है!

कैसी तबीयत है सत्येन्द्र? सिर में क्या बहुत ज़्यादा दर्द मालूम हो रहा है? उस बात को तो आज बहुत दिन हो गए। ज़रा सो जाओ न, भाई। हमेशा क्या इसी तरह उस खिड़की के पास बैठे रहोगे? सत्येन्द्र अन्धकार में नक्षत्र देख रहा था। उनमें जो सबसे क्षीण था, उसको और भी बड़े ग़ौर के साथ देख रहा था।

आंखें मींचने की हिम्मत नहीं होती, कहीं वह खो न जाए। देखते-देखते थक जाने पर वह वहीं सो जाता। सबेरे आंख खुलने पर फिर उसी को देखने की कोशिश करता। प्रकाश अब उसे अच्छा नहीं लगता। चांदनी से अब उसे आनन्द नहीं मिलता। इतने क्षीण प्रकाशवाला नक्षत्र कहीं प्रकाश में दिखाई दे सकता है?

सत्येन्द्र एम. ए. में फेल हो गया है। पास होने की इच्छा भी अब नहीं रही। उत्साह भी बुझ-सा गया है। 'पास' करने से क्या नक्षत्र नज़दीक आ जाता है?

हरदेव बाबू सपरिवार 'देश' चले आए। सत्येन्द्र कहता है, वह घर से ही अच्छी तरह परीक्षा दे सकता है। शहर के इतने शोर-गुल में पढ़ाई ठीक नहीं होती। सत्येन्द्र अब कुछ और ही तरह का आदमी हो गया है। उसका चेहरा देखने से मालूम होता है मानो उसे बहुत दिनों से खाने को नहीं मिला, जैसे किसी बड़ी भारी बीमारी से अभी-अभी छुट्टी पाई है।

दोपहर को सत्येन्द्र कमरे के किवाड़ देकर फोटोग्राफ झाड़-पोंछकर साफ़ किया करता, अपनी पुरानी किताबें सजाने बैठ जाता और हारमोनियम

का ढकना उठाकर यूं ही साफ़ किया करता। सरला की साफ़-सुथरी पुस्तकें और भी साफ़ करने लग जाता। अच्छे काग़ज़ और लिफ़ाफ़े लेकर सरला को पत्र लिखता और न जाने कौन-सा पता लिखकर अपने बॉक्स में बन्द करके रख देता। सत्येन्द्रनाथ! तुम अकेले नहीं हो। बहुतों की तक़दीर तुम्हारी ही तरह कम उम्र में जलकर राख़ हो जाती है। सभी क्या तुम्हारी तरह पागल हो जाते हैं। सावधान, सत्येन्द्र! सब बातों की एक सीमा होती है। स्वर्गीय प्रेम की भी एक सीमा निर्दिष्ट है। अगर सीमा को उलांघ जाओगे तो तकलीफ़ पाओगे। कोई किसी को नहीं रख सकता।

सत्येन्द्र की मां बड़ी बुद्धिमती हैं। उन्होंने एक दिन पति को बुलाकर कहा, "सत्येन्द्र हमारा कैसा हो गया है, देखते हो?"

"देख तो रहा हूं, पर किया क्या जाए?"

"दूसरा ब्याह कर दो। अच्छी बहू आ जाने पर मेरा सत्य फिर हंसने लगेगा, फिर बोलने-चालने लगेगा।"

उस दिन सत्येन्द्र भोजन करने बैठा, तो मां ने कहा, "मेरी बात मानेगा बेटा?"

"क्या?"

"तुझे फिर ब्याह करना होगा।"

सत्येन्द्र ने हंसकर-कहा, "यही बात है! सो इस उम्र में अब यह सब क्यों?"

मां ने पहले ही आंसू संचित कर रखे थे, वे अब बिना बात के उतरने लगे। आंखें पोंछकर उसने कहा, "बेटा, इक्कीस बरस कोई उमर-में-उमर है? पर सरला की बात याद आने से ये सब बातें मुंह पर लाने को जी नहीं होता। मगर मुझसे अब नहीं रहा जाता।"

दूसरे दिन सबेरे हरदेव बाबू ने भी सत्येन्द्र को बुलाकर यही बात कही। सत्येन्द्र ने कोई जवाब नहीं दिया। हरदेव बाबू समझ गए, मौन सम्मति का ही लक्षण है।

सत्येन्द्र ने अपने कमरे मे आकर सरला की तस्वीर के सामने खड़े

होकर कहा, 'सुनती हो सरला, मेरा ब्याह होगा!' तस्वीर बोल नहीं सकती। बोल सकती तो क्या कहती? कहती 'अच्छी बात' और क्या कहती?

अबकी बार सत्येन्द्र का ब्याह कलकत्ते में हुआ। शुभ-दृष्टि के समय सत्येन्द्र ने देखा, बड़ा सुन्दर चेहरा है। होने दो सुन्दर, फिर भी उसने सोचा, सिर पर एक बोझ आ पड़ा।

ब्याह के बाद दो साल तक नलिनी मायके में ही रही। तीसरे साल वह ससुराल आई। सास ने नयी बहू का चांद-सा मुखड़ा देखकर सरला को भूलने की कोशिश की, फिर से घर-गृहस्थी चलाने की चेष्टा की। रात को जब सत्येन्द्र और नलिनी दोनों पास-पास सोते तो कोई किसी से बोलता नहीं।

नलिनी सोचती, क्यों, इतनी उपेक्षा क्यों?

सत्येन्द्र सोचता, यह कहां की कौन है जो मेरी सरला की जगह सोया करती है?

नई बहू शर्म के मारे पति से बात नहीं करती। सत्येन्द्र सोचता, बोलती नहीं सो ही अच्छा है!

एक दिन रात को सत्येन्द्र की नींद खुल गई, तो उसने देखा, बिछौने पर कोई नहीं है। अच्छी तरह निगाह फैलाकर देखा, तो पाया कोई एक जनी खिड़की के पास बैठी है। खिड़की खुली हुई है। खुली खिड़की से चांदनी प्रवेश कर रही है। उसी उजाले में सत्येन्द्र को नलिनी के चेहरे का कुछ अंग दिखाई दे गया। नींद की ख़ुमारी और चांदनी के प्रकाश में उसका चेहरा बड़ा सुन्दर मालूम हुआ।

उसने कान लगाकर सुना, नलिनी रो रही है।

सत्येन्द्र ने बुलाया, नलिनी...

नलिनी चौंक पड़ी। पति... बुला रहे हैं! और कोई होती तो क्या करती, सो नहीं जानता, परन्तु नलिनी धीरे-से आकर पास बैठ गई।

सत्येन्द्र ने कहा, "रोती क्यों हो? क्यों रोती हो?" आंसुओं की धारा दोगुनी मात्रा में बहने लगी। सोलह वर्ष की उम्र में उसने पति की यही प्यार की बात सुनी।

बहुत देर तक दबा-दबाकर रोने के बाद आंखें पोंछकर उसने धीरे-से कहा, "तुम्हें मैं क्यों नहीं सुहाती?"

मालूम नहीं क्यों सत्येन्द्र को भी भीतर से बड़ी रुलाई आ रही थी। उसे रोकते हुए उसने कहा, "नहीं सुहाती, यह तुमसे किसने कहा? हां, इतना ज़रूर है कि तुम्हारी खोज-ख़बर नहीं ले पाता।"

नलिनी बिना उत्तर दिए चुपचाप सब बातें सुनने लगी।

सत्येन्द्र कुछ देर चुप रहकर फिर कहने लगा, "सोचा था, यह बात किसी से कहूंगा नहीं, मगर न कहने से भी कोई लाभ नहीं। तुमसे कुछ छिपाऊंगा नहीं। सब बातें खोलकर कह देता तो समझ जातीं कि मैं ऐसा क्यों हूं। मैं अब भी सरला को, अपनी पहली स्त्री को भूल नहीं सका हूं। यह भरोसा नहीं है कि भूल जाऊंगा और न इच्छा ही है। तुम एक अभागे के साथ आ पड़ी हो। ऐसी आशा भी नहीं मालूम होती कि मैं तुम्हें कभी सुखी कर सकूंगा। मैंने अपनी इच्छा से तुम्हारे साथ ब्याह नहीं किया, अपनी इच्छा से तुमसे प्रेम भी न कर सकूंगा।"

सूनी रात में दोनों जने बहुत देर तक इसी तरह बैठे रहे। सत्येन्द्र समझ गया, नलिनी रो रही है। वह भी रोया था क्या? एक-एक करके सरला की बातें याद आने लगीं। धीरे-धीरे उसी का चेहरा हृदय में जाग उठा, वही "लेने आए हो?" याद आ गया। बिना बुलाए आंसुओं ने आकर सत्येन्द्र की दृष्टि रोक दी, उसके बाद वे गालों से ढुल-ढुलकर नीचे गिरने लगे।

आंखें पोंछकर सत्येन्द्र ने धीरे-से नलिनी के दोनों हाथ अपने हाथ में लेकर कहा, "रोओ मत नलिनी, मेरा इसमें क्या हाथ है? कोई नहीं जानता कि रात-दिन मैं भीतर-ही-भीतर कैसी वेदना भोग रहा हूं। मन में बड़ा दुख है। यह दुख अगर कभी दूर हो गया, तो मैं शायद तुम्हें प्यार कर सकूंगा और तब शायद तुम्हें जतन से रख सकूंगा।"

इस दुख में डूबी स्नेह-भरी बात का मूल्य कितने जन समझते हैं? नलिनी बड़ी बुद्धिमती है। वह पति के दुख को समझ गई। पति उससे प्रेम नहीं करते, यह बात उसने उन्हीं के मुंह से सुनी, मगर फिर भी वह रूठी नहीं, उसने अभिमान नहीं किया। बेवकूफ लड़की! सोलह साल की उम्र में अगर न रूठेगी, न अभिमान करेगी, तो फिर कब करेगी? परन्तु नलिनी ने सोचा, रूठना-अभिमान करना पहले है, या पति पहले है?

उस दिन से उसकी चिन्ता का एकमात्र विषय हो गया कि किस तरह पति का दुख मिटे। क्या करने से पति सौत को भूल सकते हैं, इस बात को उसने एक बार के लिए भी नहीं सोचा। व्यथा का यदि कोई भागीदार हो, कष्ट में अगर कोई सहानुभूति दिखाए, दुख की बात अगर कोई आग्रह या दिलचस्पी के साथ सुने, तो शायद उसके समान दुनिया में और कोई सगा नहीं।

इसके बाद सत्येन्द्र अक्सर नलिनी को पहले की अपनी बातें सुनाया करता। कितनी ही रातें दोनों की उसी एक ही तरह की बातें सुनते-सुनाते बीतने लगीं। सत्येन्द्र ही सिर्फ़ बातें कहता था, सो नहीं, नलिनी भी आग्रह के साथ पति के पूर्व-प्रेम की बातें सुनना पसन्द करती थी।

दो वर्ष बीत गए, नलिनी अठारह साल की हो गई, उसे अब पहले का-सा कष्ट नहीं है। पति अब उसका अनादर नहीं करते। पति का प्यार उसने ज़बरदस्ती पा लिया है। जो ज़ोर-ज़बरदस्ती से लेना जानता है, वह उसे रखना भी जानता है। अब उसे कोई भी कष्ट नहीं है। सत्येन्द्रनाथ इस समय पबना का डिप्टी मजिस्ट्रेट है। स्त्री के जतन से, स्त्री के सेवा-भाव और एकाग्र प्रेम से उसमें बहुत परिवर्तन हो गया है। कचहरी के काम के बाद वह नलिनी के साथ बैठकर गप-शप करता है, मज़ाक़ करता है, गाना-बजाना सुनकर मनोरंजन पाता है। एक वाक्य में, सत्येन्द्र बहुत-कुछ आदमी बन गया है। मनुष्य को जो चीज़ मिलती नहीं, वही उसके लिए अत्यन्त प्रिय सामग्री हो जाया करती है। मनुष्य का चरित्र ही ऐसा है।

तुम अशान्ति में हो, या शान्ति ढूंढ़ते फिरते हो, मैं शान्ति से दिन बिता रहा हूं, तो भी न जाने कहां से अशान्ति को खींच ले आता हूं।

छल को पकड़ना मानो मनुष्य का स्वभाव है। जो मछली भाग जाती है, क्या वही बड़ी होती है। सत्येन्द्र भी आदमी है। आदमी का स्वभाव कहां जाएगा? इतने प्यार, इतने जतन और शान्ति में भी उसके हृदय में कभी-कभी बिजली की तरह अशान्ति चमक उठती है। लमहे-भर में मन के अन्दर बिजली की कौंध की तरह जो क्रान्ति-सी मच जाया करती है, उसे सम्हालने में नलिनी को काफ़ी परिश्रम की आवश्यकता होती है। बीच-बीच में उसे मालूम होता है कि अब उससे सम्हाले न सम्हाला जाएगा। शायद इतने दिनों की कोशिश, जतन, मेहनत, सबकुछ व्यर्थ हो जाएगा। नलिनी की ज़रा-सी त्रुटि देखते ही सत्येन्द्र सोचता, सरला होती, तो शायद ऐसा नहीं होता! होता भी या नहीं, सो तो भगवान् जानते हैं, शायद न भी होता और हो सकता है कि इससे चौगुना भी होता। मगर इससे क्या? वह मछली जो भाग गई है! सत्येन्द्र अब भी सरला को भूल नहीं सका है। कचहरी से आते ही अगर उसे नलिनी न दिखाई दी, तो चट्-से सोचता, कहां वह और कहां यह!

नलिनी बड़ी बुद्धिमती है, वह हमेशा पति के पास रहती है, कारण उसे मालूम है कि अब भी वे सरला को भूले नहीं हैं। एकबारगी भूल जाएं ऐसी इच्छा नलिनी के मन में कभी नहीं होती, पर हां व्यर्थ ही याद कर-करके कष्ट पाते हैं, इसीलिए वह हमेशा पास बनी रहने की कोशिश करती है। न भूलें, पर उसका तो वे निरादर नहीं करते, यही नलिनी के लिए काफ़ी है।

गोपीकान्त राय पबना के एक प्रतिष्ठित वकील हैं। कलकत्ता में उनका मकान नलिनी के घर के पास है। कोई एक सम्बन्ध होने के कारण नलिनी उन्हें काका कहती है और उनकी पत्नी को काकी। राय-काकी अक्सर उसके घर आया करती हैं। गोपी बाबू भी आ जाया करते हैं। गांव के नाते के ककिया ससुर को सत्येन्द्र बहुत मानते हैं। सत्येन्द्र का

मकान उनके मकान से दूर होने पर भी दोनों घरानों में काफ़ी मेल-जोल हो गया है।

नलिनी भी बीच-बीच में काका के यहां चली जाया करती है। एक तो काका का घर और दूसरे उनकी लड़की हेमा के साथ उसका काफ़ी मेल है। बचपन की सहेली ठहरी, कोई किसी को छोड़ना नहीं चाहती। उस दिन बारह बज गए थे। सत्येन्द्र कचहरी चले गए थे। कोई काम नहीं देखकर नलिनी चित्र बनाने बैठ गई, परन्तु उसी वक़्त गड़गड़ाती हुई एक गाड़ी डिप्टी साहब के मकान के सामने आ लगी।

'कौन आया? हेमा होगी!' आगे सोचना न पड़ा। बड़े हंगामे के साथ हेमांगिनी आकर उपस्थित हो गई। हेमा ने एकदम नलिनी के बाल पकड़ लिए, बोली, "अब ज़्यादा लिखा-पढ़ी करने की ज़रूरत नहीं, उठो, हमारे यहां चलो, कल भइया की बहू आई है।"

नलिनी ने कहा, "बहू आई है, साथ लेती क्यों नहीं आईं?"

हेमा ने कहा, "सो कैसे हो सकता है? नई-नई आई है, अचानक तेरे यहां कैसे चली आती?"

नलिनी ने कहा, "तो मैं ही क्यों जाने लगी?"

हेमांगिनी ने हंसकर कहा, "तू तो जाएगी सिर के बल। मैं अभी घसीटकर लिए चलती हूं।"

बाल पकड़ खींचकर ले जाने पर नलिनी ही क्यों, बहुतों को वैसे ही जाना पड़ता है। लिहाज़ा नलिनी को भी जाना पड़ा।

जाने में नलिनी को विशेष आपत्ति थी, क्योंकि हेमा के घर जाने से लौटने में बहुत देर हो जाया करती है। दो-एक दिन ऐसा हो गया है कि नलिनी के लौटने के पहले ही सत्येन्द्र नाथ कचहरी से आ गए हैं, वैसी हालत में सत्येन्द्र नाथ को बड़ी दिक्कत होती है। वे कुछ ख़याल करें, या न करें, पर नलिनी को बड़ी शर्म मालूम होती है, क्योंकि नलिनी को मालूम है कि कचहरी से लौटने के बाद उसके हाथ से पंखे की हवा खाए बिना उसके पति को चैन नहीं मिलता। विधाता की इच्छा, बहुत कोशिश करने

पर भी आज नलिनी सात बजे से पहले घर नहीं लौट सकी। घर आकर उसने देखा, सत्येन्द्र अख़बार पढ़ रहा है, अब तक उसने खाया-पिया भी नहीं। खिलाने का भार नलिनी ने अपने ही हाथ में ले रखा था। पास पहुंचने पर सत्येन्द्र हंसा, पर वह हंसी नलिनी को अच्छी नहीं मालूम हुई। वह भीतर से सिहर उठी। आसन बिछाकर नलिनी ने जलपान कराने की कोशिश की, मगर सत्येन्द्र ने कुछ छुआ तक नहीं, "बिलकुल भूख नहीं है।" बहुत मनाने-करने पर भी उसने कुछ नहीं खाया। नलिनी समझ गई, क्यों ऐसे रूठ गए हैं।

आज हेमांगिनी अपनी ससुराल जाएगी। उसके पति उपेन्द्र बाबू लेने आए है। नलिनी बहुत दिनों से हेमा से मिलने नहीं गई। इसी से हेमा में बड़े दुख के साथ उसे आने के लिए लिखा है।

नलिनी ने प्रतिज्ञा की थी कि पति की आज्ञा के बिना अब वह कहीं भी न जाएगी। मगर यदि आज वह प्रतिज्ञा की रक्षा करती है, तो प्रिय सखी के साथ उसकी मुलाक़ात नहीं होगी। नलिनी बड़ी मुसीबत में पड़ गई। हेमा ने लिखा है, तीन बजे की गाड़ी से रवाना होना है। तब पति की आज्ञा कैसे ली जा सकती है? बहुत कुतर्कों के बाद नलिनी ने जाने का ही निश्चय किया। जाते वक़्त दासी से वह कह गई कि ठीक तीन बजे राय बाबू के यहां गाड़ी पहुंच जानी चाहिए। गाड़ी भेजी भी गई, पर हेमा का तीन बजे की गाड़ी से जाना नहीं हुआ, लिहाज़ा उसने नलिनी को किसी तरह भी नहीं छोड़ा। बहुत ज़िद करने पर भी वह हेमा के हाथ से बचकर न आ सकी। हेमा आज बहुत दिनों के लिए चली जा रही है, न जाने फिर कितने दिनों बाद भेंट होगी। आसानी से कैसे छोड़ दे?

यह बात कहने में नलिनी को शर्म मालूम होती थी कि घर लौटने में देर हो जाने पर पति नाराज़ होंगे और फिर इस बात को सहज में कहना कौन चाहता है? इतनी हीनता कौन स्वीकार करता हैं? ख़ासकर इस उम्र

में! अन्त में यह बात भी उसने कह दी, पर हेमा ने उस पर विश्वास ही नहीं किया। उसने हंसकर कहा, "मुझे बेवकूफ मत समझना। नाराज़ी-वाराज़ी की बात मैं खूब समझती हूं। उपेन्द्र बाबू भी बहुत नाराज़ होना जानते हैं।"

उसकी बात हेमा ने हंसी में उड़ा दी, पर नलिनी को हार्दिक कष्ट हुआ। सबके पति क्या एक ही सांचे में ढले हुएं होते हैं? सभी क्या उपेन्द्र बाबू की तरह हैं?

नलिनी जब घर लौटी, तब रात के दस बज चुके थे। घर आकर उसने सुना, बाबू बाहर सो गए हैं।

मातंगिनी उर्फ मातो नलिनी के मायके की नौकरानी है। नलिनी से बेहद स्नेह करती है, इसी से आज उसने नलिनी को दस-बीस कड़ी बातें सुना दीं। घर-भर में सिर्फ़ उसी को यह बात मालूम थी कि सत्येन्द्र ने बहुत ग़ुस्सा होकर ही बाहर के कमरे में बिस्तर करने की आज्ञा दी है।

गहरी रात में जबकि बिस्तर पर पड़ा हुआ सत्येन्द्र आंखें मींचे अपनी पूर्व स्मृतियों को ताज़ा करने की कोशिश कर रहा था और यह विचार रहा था कि बहुत दिनों से गायब खिले हुए कमल के फूल के समान सरला के उस मुखड़े के साथ नलिनी के चेहरे की कुछ समानता है या नहीं और जबकि उसके मन में सरला के प्रेम के सामने नलिनी के प्रेम को, सागर के सामने गोष्पद का जल समझने की आंधी बह रही थी, तब धीरे-से दरवाज़ा खोलकर नलिनी ने उस कमरे में प्रवेश किया। सत्येन्द्र ने आंख उठाकर देखा, नलिनी है। नलिनी आकर उसके पायताने बैठ गई। सत्येन्द्र ने आंखें मींच लीं। बहुत देर इसी तरह बीत गई। वह समझ गई, सत्येन्द्र नाराज़ हो गया। उसने करवट बदलकर पुरुष-भाव से स्पष्ट स्वर में कहा, "तुम यहां क्यों आईं ?"

नलिनी रो रही थी, कुछ बोल न सकी। रोते देखकर डिप्टी साहब कुछ और भी क्रुद्ध भाव से बोले, "काफ़ी रात हो चुकी है, जाओ, भीतर जाकर सो रहो।"

नलिनी रोती रही। अब की बार उसने आंसू पोंछते हुए कहा, "तुम चलो न सोने!"

सत्येन्द्र ने सिर हिलाया, वह बोला, "मुझे बड़ी नींद आ रही है, अब नहीं उठ सकता!"

रोने से सत्येन्द्र नाराज़ होता है। यह सोचकर नलिनी ने आंखों के आंसू पोंछ डाले। पति के सामने अब वह रोएगी नहीं। धीरे-से पांवों पर हाथ रखकर उसने कहा, "अबकी बार मुझे माफ़ कर दो। यहां तुम्हें बड़ी तकलीफ़ होगी, भीतर चलो।"

सत्येन्द्र ने प्रतिज्ञा कर ली है, अब वह भीतर न जाएगा। उसने कहा, "इतनी रात बीते तकलीफ़ की बात सोचने की ज़रूरत नहीं। तुम सोओ जाकर, मैं भी सोता हूं।"

नलिनी सत्येन्द्र को पहचानती थी। उसने अपने कमरे में जाकर सारी रात रोते हुए बिताई। कहां गई हेमांगिनी, एक बार देख क्यों नहीं जाती? नाराज़ी-वाराज़ी की बात तो खूब समझती है, अब मिटा देगी क्या इस झगड़े को?

दूसरे दिन भी सत्येन्द्र घर के भीतर नहीं गया, न नलिनी से मिला ही।

नलिनी ने एक चिट्ठी लिखकर मातो के हाथ भेजी। सत्येन्द्र ने उसे बिना पड़े ही फाड़कर फेंक दिया और कहा, "यह सब अब मत लाया करो।"

चार-पांच दिन बाद एक दिन नलिनी के बड़े भाई नरेन्द्र बाबू पबना आ पहुंचे। सहसा भइया को देखकर नलिनी अत्यन्त सन्तुष्ट हुई, परन्तु उससे अधिक विस्मित भी हुई।

"भइया, कैसे?"

नरेन्द्र बाबू ने नलिनी से मिलकर हंसते हुए कहा, "घर चलने के लिए तू इतनी उतावली क्यों हो रही है, बहन?"

"उतावली?"

इस बात का अर्थ नलिनी उसी वक़्त समझ गई। उसने हंसते हुए कहा, "तुम लोगों को बहुत दिनों से देखा नहीं!"

जिस दिन पति के चरणों में प्रणाम करके नलिनी अपने भइया के साथ गाड़ी पर सवार होकर चली गई, उस दिन रात को सत्येन्द्र नाथ ज़रा भी न सो सका। वह रात-भर सोचता रहा, इतना न करने से भी काम चल जाता। बहुत रात तक उसके मन में आता रहा, अब भी समय है, अब भी गाड़ी लौटा लाई जा सकती है, पर हाय रे अभिमान! उसी के कारण नलिनी को वापस न लाया जा सका।

जाते समय मातो भी नलिनी के साथ गई। वही सिर्फ़ इस विदा का कारण जानती थी। नलिनी ने मातो को ख़ास तौर से मना कर दिया कि वह घर में इस बात का कतई ज़िक्र न करे। नलिनी ने सोचा कि इस बात को प्रकट करने से पति का अपयश होगा। अच्छे हों चाहे बुरे, उसके पति को लोग बुरा कहनेवाले होते कौन हैं?

मायके जाकर नलिनी ने माता-पिता के चरणों में प्रणाम किया, छोटे भइया को गोद में उठा लिया, सबकुछ किया, पर वह हंस न सकी।

मां ने कहा, "मेरी नलिनी एक ही दिन की गाड़ी की थकान से सूख गई है।" मगर वह सूखा चेहरा फिर प्रसन्न नहीं हुआ।

नलिनी ने कभी अभिमान नहीं किया, पति के कष्ट की बात याद करके वह चुपचाप सब सह रही थी, पर अब उससे न सहा गया। उसने सोचा, इस छोटे-से कारण से वह पति के द्वारा त्याग दी जाए, इससे वह मर ही क्यों नहीं जाती?

भीषण अभिमान से नलिनी सूखने लगी। उधर सत्येन्द्र का अभिमान निबट चुका है। एक घड़ी बिना रहे, जिसका काम नहीं चलता, उसका यह झूठा अभिमान कितने दिन रह सकता है? अभिमान घोर कष्ट का कारण बन गया है। सत्येन्द्र हर रोज़ बाट देखता रहता है, आज शायद नलिनी की चिट्ठी आएगी, शायद लिखेगी कि 'मुझे आकर लिवा ले जाओ'।

सत्येन्द्र सोचता, तब तो सिर-माथे करके ले आऊंगा, अब किसी तरह का अनुचित व्यवहार नहीं करूंगा, मगर होनहार को कौन लांघ सकता है? जो होना है, वही होगा। तुम और हम क्षुद्र प्राणी-मात्र हैं आज-कल करते हुए छः महीने बीत गए, अभागिन ने कोई भी बात नहीं लिखी। पापिष्ठ सत्येन्द्र टूट गया, पर झुका नहीं। छः महीनें बीत गए। सत्येन्द्र को असह्य हो गया। लुप्त अभिमान फिर ताज़ा हो उठा और फिर उसमें क्रोध भी आकर शामिल हो गया। हिताहित-ज्ञानरहित होकर सत्येन्द्र ने अपना दोष नहीं देखा। सोचने लगा, जिसे इतना अहंकार है, उससे प्रतिशोध भी वैसा ही लेने की आवश्यकता है।

किसी ने भी अपना दोष नहीं देखा। दोनों मिलने की आधी-आधी चाह रखनेवाले हृदय फिर हमेशा के लिए भिन्न-भिन्न हो चले। यौवन के प्रारम्भ में संकुचित लता को किसने खींचकर बढ़ाया था? मगर अब सहा नहीं जाता, अब तो टूटने की नौबत आ पहुंची है।

ऐसी रूपवती-गुणवती बहू है, तो भी लड़के को पसन्द नहीं आई! गृहिणी को बड़ा दुख है। यह सोचकर ये अत्यन्त उदास हो रही है कि ऐसी चन्दा-सी बहू के आने पर भी वे घर-गिरस्ती न कर सकीं। माता की सैकड़ों कोशिशों से भी पुत्र का मन न फिरा। अब और उपाय ही क्या है? 'लड़के को ही अगर पसन्द नहीं आई, तो फिर बहू कैसी? लड़के के आदर से ही तो बहू का आदर है!... और मेरा भी इसमें क्या हाथ है? ख़ुद देख-भालकर ब्याह कर ले, तो क्या मैं रोक सकती हूं? आदि मीठे वचनों को दोहराते-दोहराते अपने अभ्यास के अनुसार वे 'वरण डाला'[1] सजाने बैठ गईं।...

दो साल पहले हरदेव बाबू का देहान्त हो चुका है। उस बात की याद आ गई, आखों में आंसू भर आए, फिर नलिनी की याद आ गई, आंसुआ

1. वर-वधू की अभ्यर्थना करने के लिए उपकरण-पात्र।

का वेग और भी बढ़ गया। क्या जाने कैसी बहू आएगी? सत्येन्द्र के बाप होते, तो शायद मुझ अभागिन को ऐसी हालत न देखनी पड़ती।

सत्येन्द्र ब्याह करके आ गया। मां ने 'वरण' करके दोनों को घर में लिया। आंखों में फिर पानी भर आया। आंसू पोंछते हुए उन्होंने कहा, "आंखों में कुछ पड़ गया है, बार-बार पानी आ जाता है!"

गिरिबाला बड़ी मुंहफट लड़की है, ख़ासकर नलिनी के साथ उसका बहनापा था। वह कह बैठी, "इस उमर में तीन बार तो हो चुका है और कितनी बार देखना पड़ेगा, कौन जानता है?"

बात उन्होंने सुन ली, सत्येन्द्र के कानों तक पहुंच गई! कल सुहागरात है।

जाने कहां से बड़े ठाट-बाट के साथ एक भारी-भरकम सौगात आई है। वर-वधू के लिए ढाके की साड़ी, धोती, चादर आदि बहुत अच्छी-अच्छी चीज़ें हैं उसमें। दुलहिन के लिए जैसी बनारसी साड़ी आई है, वैसी सुन्दर साड़ी इसके पहले इस गांव में कभी किसी ने देखी तक नहीं। सभी पूछ रहे हैं, 'कहां की सौगात है!' मां बार-बार घूंट-सा भरकर कह देती है, 'सत्येन्द्र के किसी मित्र ने भेजी है।'

गृहिणी ने आंखों के आंसू दबाकर वास्तविक समाचार को छिपाकर हंसते-रोते मुंह से सौगात की मिठाई आदि बंटवा दी।

सब अपना-अपना हिस्सा लेकर चली गईं। जाते समय राजबाला ने कहा, "अच्छी सौगात है।"

नृत्यकाली ने कहा, "सो क्यों न होगी? बड़े आदमियों के यहां से ऐसी ही सौगात आया करती है।"

क्रमशः जब यह बात दब गई, तब योगमाया कह उठी, "अच्छा, फिर से ब्याह क्यों किया?"

ज्ञानदा ने कहा, "क्या जाने बहन, ऐसी रूप-गुणवती बहू थी। क्या मालूम, कुछ समझ में नहीं आता।"

रासमणि नाई की लड़की है। उसकी हालत अच्छी है। देखने में भी बुरी नहीं है। हां, जरा नाक चपटी है। कोई-कोई ईर्ष्यालु उसकी आंखों में भी दोष दिखाया करते हैं। कहते हैं, 'हाथी की आंखों से भी छोटी आंखें हैं।'

ख़ैर, जाने दो, इस निन्दावाद से हमें कोई मतलब नहीं। रासमणि ने ज़रा हंसकर कहा, "तुम्हारे भेजे में अगर बुद्धि होती, तो क्या ऐसी बातें करतीं। वह हमेशा ठहक-ठहकके हंस-हंसके जो बातें करती थी, उसी से हमें सन्देह हो गया था, स्वभाव-चरित्र उसका अच्छा नहीं था री। नहीं तो इस तरह निकाल देते? और फिर ब्याह करते?"

मुंह से किसी के कुछ न कहने पर भी बहुतों की राय से उसकी राय मिल गई। इसके दो दिन बाद गांव के लगभग सभी लोग जान गए कि रासमणि ने जमींदार के घर का गूढ़ रहस्य जान लिया है। नाई की लड़की में न होती तो क्या इतनी बुद्धि बाम्हन-कायस्थ की लड़की में हो सकती है। बात बहुतों ने मंजूर कर ली।

अब गृहिणी की बारी है। यह बात जब उनके कान तक पहुंची, तब वह घर के किवाड़ बन्द करके एकबारगी ज़मीन पर लोटने लगीं। मेरी नलिनी कुलटा है! मालूम नहीं क्यों वे सरला की अपेक्षा नलिनी को अधिक प्रेम करने लगी थीं। ज़िन्दगी-भर के लिए उस नलिनी की तक़दीर फूट गई थी। गृहिणी ने मन-ही-मन सोचा, सत्येन्द्र रखे तो अच्छा ही है, नहीं तो उसे लेकर मैं काशीवास करूंगी। अभागिन की इस जनम की सभी साधें मिट गईं।

तब उन्होंने किवाड़ खोलकर मातो को पास बुलाकर किवाड़ बन्द कर लिए। मातो ही सौगात लेकर आई थी।

दोनों में आंसुओं का काफ़ी लेन-देन हुआ। किस तरह नलिनी का सुनहरा रंग स्याह हो गया है, किस अपराध से सत्येन्द्र ने उसे पैरों से ठुकराया है, कितने कातर वचनों से उसने सास को प्रणाम कहलाया है, आदि विवरण मातंगिनी ने खूब अच्छी तरह धीरे-धीरे आंसू पोंछते हुए

कह सुनाया। सुनते-सुनते गृहिणी का पूर्व-स्नेह सौगुना बढ़ आया और पुत्र पर दारुण अभिमान पैदा हो गया। मन-ही-मन वे सोचने लगीं, मैं क्या सत्येन्द्र की कोई भी नहीं हूं? क्या मेरी सभी बातें उपेक्षा के योग्य हैं? मेरी क्या एक भी बात नहीं रहेगी? मैं फिर नलिनी को घर लाऊंगी। मेरी लक्ष्मी की क्या ऐसी दशा करनी चाहिए?

उसी दिन शाम को मां ने पुत्र को बुलाकर कहा, "नलिनी को ले आओ।"

पुत्र ने सिर हिलाकर कहा, "नहीं।"

मां रो दीं, बोलीं, "ओ रे, मेरी नलिनी के नाम पर गांव-भर में कलंक फैल रहा है, तू उसका पति है, उसकी इज़्ज़त न रखेगा?"

"कैसा कलंक?"

"इस तरह से निकाल देने और फिर से ब्याह कर लेने से मैं किस-किसका मुंह बन्द कर सकती हूं?"

"मुंह बन्द करके क्या होगा?"

"तो भी लाएगा नहीं?"

"नहीं!"

मां बहुत नाराज़ हो गईं। यह वे पहले से ही तय कर आई थीं कि कैसे ग़ुस्सा करना होगा और तब कैसी बातें कहनी होंगी, लिहाज़ा कुछ सोचना न पड़ा, बोलीं, "तो कल ही मुझे काशी भेज दे। मैं यहां एक छिन भी नहीं रहना चाहती।"

सत्येन्द्र अब वह सत्येन्द्र नहीं रहा, सरला के आदर का धन, खेल की चीज़, शौक की वस्तु, अन्यमनस्क, उच्चमना, सरल हृदय, प्रफुल्ल मुख पति, नलिनी के अनेक जतन और अनेक क्लेश से मनका-सा बना हुआ सत्येन्द्र नाथ अब नहीं रहा। उसने भी छाती पर पत्थर रख लिया है। लज्जा-शर्म और हिताहित-ज्ञान सबकुछ उसने गंवा दिया है। उसने अनायास ही कहा, "तुम्हारी जहां तबीयत हो, चली जाओ। मैं अब किसी को भी नहीं ला सकता।"

इसका मां को स्वप्न में भी ख़याल न था कि सत्येन्द्र के मुंह से ऐसी बात सुननी पड़ेगी। वे रोती हुई चली गईं। जाते समय कह गईं, "बहू मेरी कुलटा नहीं है, सो अच्छी तरह जान रखना। गांव के लोग चाहे जो कहा करें, पर मैं उस बात पर हरगिज़ विश्वास न करूंगी।"

दूसरे दिन बुआ जी ने सत्येन्द्र को बुलाकर कहा, "तुम्हारे एक मित्र ने तुम्हारे लिए सौगात भेजी है, देखी है?"

सत्येन्द्र ने गर्दन हिलाई, बोला, "नहीं तो, किस मित्र ने!"

"मालूम नहीं। बैठो, कपड़े सब ले आऊं।"

थोड़ी देर बाद बुआं जी कपड़े ले आईं। सत्येन्द्र ने देखा कि बहुत क़ीमती कपड़े हैं। वह चकित हो गया। किस मित्र ने भेजे हैं? बनारसी साड़ी अच्छी तरह देखते-देखते उसने गौर किया कि उसके एक छोर में कुछ बंधा हुआ है। खोलकर देखा, एक छोटी-सी चिट्ठी है।

हस्ताक्षर देखकर सत्येन्द्र के माथे पर छौंकन-सा लग गया! उसमें लिखा है–

"बहन, स्नेह का उपहार वापस न करना। तुम्हारी जीजी ने जो भेजा है, उसे स्वीकार करो।"

उस सुहागरात की पुष्प-शय्या सत्येन्द्र के लिए कंटक-शय्या हो गई।

सत्येन्द्र को बीच-बीच में मालूम होता है मानो वह अपने अतीत जीवन को भूल गया है, भूला नहीं है तो सिर्फ़ इतना ही, 'उसकी प्यारी नलिनी पबना में चरित्रहीन हुई थी, इसी से वह अपने पति के द्वारा त्याग दी गई है।' सत्येन्द्र के विवाह को लगभग दो महीने बीत चुके हैं। आज सत्येन्द्र को एक पत्र और छोटा-सा पार्सल मिला है।

पत्र नलिनी के भाई नरेन्द्र बाबू का है और इस प्रकार है :

सत्येन्द्र बाबू,

अत्यधिक अनिच्छा होते हुए भी जो मैं आपको पत्र लिख रहा हूं, सो सिर्फ़ अपनी प्राणों से भी अधिक प्यारी बहन नलिनी के कारण। मृत्यु के

पहले वह बहुत-बहुत कुछ कह गई है–यह अंगूठी आपके पास फिर से भेज दी जाए। आपके नाम की अंगूठी वापस भेज रहा हूं। मेरी बहन की इच्छा थी, इस अंगूठी को आप अपनी नई पत्नी को पहना दें। आशा है, उसकी वह आशा पूरी होगी। और मरने से पहले यह आपसे विशेष अनुनय करके कह गई है कि उसकी यह छोटी बहन कष्ट न पावे।

–नरेन्द्रनाथ

नलिनी के जब से एक पुत्र-सन्तान होकर मर गई थी, सत्येन्द्र ने यह अंगूठी उसे पहना दी थी। यह बात सत्येन्द्र को याद आई थी क्या?

सत्येन्द्र नाथ अब पबना नहीं रहते। किसी भी कारण से हो, माता भी काशीवास न कर सकीं। नई बहू का नाम है विधु। विधु शायद पहले जनम में नलिनी की बहन थी।

महेश

गांव का नाम है काशीपुर। छोटा-सा गांव और जमींदार उससे भी छोटा, मगर फिर भी उसका दबदबा ऐसा कि प्रजा चूं तक नहीं कर सकती।

छोटे लड़के की पूजा थी। जन्म-तिथि की पूजा समाप्त करके तर्करत्न महाशय दोपहर के वक़्त घर लौट रहे थे। बैसाख ख़तम होने को है, पर आकाश में बादल की छाया तक नहीं, वर्षा न होने के कारण आकाश से मानो आग झर रही है।

सामने का दिशाओं तक फैला मैदान कड़ी धूप से सूखकर फटने लगा है और उन लाखों दरारों में से धरती की छाती का खून मानो धुआं बनकर उड़ा जा रहा है। अग्निशिखा-सी उसकी लहराती हुई ऊर्ध्वगति की तरफ़ देखने से सिर चकराने लगता है, जैसे नशा आ गया हो।

उस मैदान के किनारे रास्ते पर गफूर जुलाहे का घर है। उसकी मिट्टी की दीवार गिर गई है और आंगन सड़क से आ मिला है, मानो अन्तःपुर की लज्जा और आबरू पथिकों की करुणा के आगे आत्म-समर्पण करके निश्चिन्त हो गई हो।

सड़क के किनारे एक पेड़ की छाया में खड़े होकर तर्करत्न ने पुकारा, “ओ रे ओ गफूर, घर में है क्या?”

उसकी दसेक साल की लड़की ने दरवाज़े के पास आकर कहा, “क्यों... बापू को तो बुख़ार आ गया है।”

"बुख़ार ! बुला हरामजादे को। पाखंडी म्लेच्छ कहीं का !"

शोरगुल सुनकर गफूर घर से निकलकर बुख़ार में कांपता बाहर आ खड़ा हुआ। फूटी दीवार से सटा हुआ एक पुराना बबूल का पेड़ है, उसकी डाल से एक बैल बंधा हुआ है। तर्करत्न ने उसकी तरफ़ इशारा करके कहा, "यह क्या हो रहा है, सुनूं तो सही ? यह हिन्दुओं का गांव है, जमींदार ब्राह्मण है, सो भी कुछ होश है ?"

उनका चेहरा ग़ुस्से और धूप से सुर्ख हो रहा था, लिहाज़ा उस मुंह से गर्म और तीखी बात ही निकलेगी, मगर कारण न समझ सकने से गफूर सिर्फ़ मुंह की तरफ़ देखता रहा।

तर्करत्न ने कहा, "सबेरे जाते वक़्त देख गया था, बंधा है और दोपहर को लौटते वक़्त देख रहा हूं कि ज्यों-का-त्यों बंधा हुआ है ! गो हत्या होने पर मालिक साहब तुझे जिन्दा गाड़ देंगे। वे ऐसे ब्राह्मण नहीं हैं !"

"क्या करूं पंडितजी महाराज, बड़ी लाचारी में पड़ गया हूं। कई दिन से बुख़ार में पड़ा हूं। पगहा पकड़कर थोड़ा-बहुत चरा लाता, सो होता नहीं, चक्कर खाकर गिर पड़ता हूं।"

"तो खोल दे, आप ही चर आएगा।"

"कहां छोड़ आऊं पंडितजी, लोगों के धान अभी सब झाड़े नहीं गएं हैं, खलिहान में पड़े हुए हैं, पुआल भी अभी तक ज्यों-का-त्यों पड़ा है। और मैदान तो सब खुलकर सफाचट हो रहा है, कहीं भी मुट्ठी-भर घास नहीं। किसी के धान में मुंह मार दे, किसी का पुआल तहस-नहस कर डाले, कोई ठीक नहीं, छोडूं तो कैसे छोडूं महाराज ?"

तर्करत्न ने ज़रा गर्म होकर कहा, "नहीं छोड़ता तो कहीं छांह में बांधकर दो आंटी पुआल ही डाल दे, चबाया करेगा तब तक। तेरी लड़की ने भात नहीं रांधा ? मांड-पानी दे दे–थोड़ा-सा पी लेगा।"

गफूर ने कुछ जवाब नहीं दिया। निरुपाय की भांति तर्करत्न के मुंह की तरफ़ देखता रहा, उसके मुंह से एक दीर्घ निःश्वास निकल पड़ा।

तर्करत्न ने कहा, "सो भी नहीं है क्या ? पुआल सब क्या कर दिया ?

हिस्से में जो कुछ मिला था, सो बेच-बूचकर 'पेटाय स्वाहा!' बैल के लिए भी थोड़ा-सा नहीं रखा! कसाई कहीं का?"

इस निष्ठुर अभियोग से गफूर की मानो ज़बान बन्द हो गई। क्षण-भर बाद उसने आहिस्ता से कहा, "जो कुछ हिस्से में मिला था, सो मालिक साहब ने पिछले बकाया में रखवा लिया।" रो-बिलखकर हाथ-पांव जोड़के कहा, "बाबू साहब हाकिम हैं आप, आपकी जमींदारी छोड़कर भाग थोड़े ही सकता हूं। मुझे थोड़ा-सा पुआल दे दीजिए। छप्पर छाना है, एक कोठरी है, बाप-बेटी को रहना है, सो भी ख़ैर, इस साल ताड़-पत्तों से गुज़र कर लूंगा, लेकिन मेरा महेश भूखों मर जाएगा!"

तर्करत्न ने हंसकर कहा, "ओफ्-ओ! और आपने शौक से इसका नाम रख छोड़ा है महेश! हंसी आती है!"

मगर यह व्यंग्य गफूर के कानों में नहीं गया, वह कहने लगा, "लेकिन हाकिम की मेहरबानी नहीं हुई। दो महीने की ख़ुराक लायक धान हम लोगों को दे दिया, लेकिन पुआल सब हिसाब में ले लिया, इस बेचारे को एक तिनका तक नहीं मिला..." यह कहते-कहते उसका गला भर आया, परन्तु तर्करत्न को उस पर दया नहीं आई। बोले, "अच्छा आदमी है तू तो! पहले से ले रखा है, देगा नहीं? जमींदार क्या तुझे अपने घर से खिलाएगा? अरे, तुम लोग तो राम-राज्य में बसते हो। आख़िर कौम तो नीच ही ठहरी, इसी से बुराई करता फिरता है!"

गफूर ने लज्जित होकर कहा, "बुराई मैं क्यों करने लगा महाराज, उनकी बुराई हम लोग नहीं करते, लेकिन दूं कहां से, बताइए? चार बीघे खेत हिस्से में जोतता हूं, पर लगातार दो साल अकाल पड़ गया, खेत का धान खेत में सूख गया, बाप-बेटी दोनों को भर-पेट खाने को भी नहीं मिलता। घर की तरफ़ देखिए, बरखा होती है तो बिटिया को लेकर एक कोने में बैठकर रात बितानी पड़ती है, पैर फैलाकर सोने की भी जगह नहीं। महेश की तरफ़ देखिए, हड्डियां निकल आई हैं। दे दीजिए महाराज, थोड़ा-सा पुआल उधार दे दीजिए, दो-चार दिन इसे भर-पेट

खिला दूं..." कहते-कहते ही वह धप्-से ब्राह्मण के पैरों के पास बैठ गया। तर्करत्न महाशय तीर की तरह दो कदम पीछे हटकर बोल उठे, "अरे, मरे, छू लेगा क्या?"

"नहीं, महाराज, छुऊंगा क्यों, छुऊंगा नहीं। इस साल दे दीजिए महाराज, थोडा-सा पुआल दे दीजिए। आपके यहां चार-चार टालें लगी हुई हैं, उस दिन मैं देख आया हूं, थोड़ा-सा देने से आपको कुछ कमी न होगी। बड़ा सीधा जीव है। मुंह से कुछ कह नहीं सकता, सिर्फ़ टुकर-टुकर देखता रहता है और आंखों से आंसू डालता रहता है।"

तर्करत्न ने कहा, "उधार तो ले लेगा, पर अदा कैसे करेगा सो तो बता?"

गफूर ने आशान्वित होकर व्यग्र स्वर में कहा, "जैसे बनेगा, मैं चुका दूंगा महाराज जी, आपको धोखा न दूंगा।"

तर्करत्न महाशय ने मुंह से एक प्रकार का शब्द करके गफूर के व्याकुल कंठ का अनुकरण करते हुए कहा, "धोखा नहीं दूंगा! जैसे बनेगा, चुका दूंगा! रसिक नागर बन रहा है! चल-चल हट, रास्ता छोड़। घर जाना है, बहुत अबेर हो गई है।"

इतना कहकर मुस्कुराते हुए क़दम बढ़ाया ही था कि अचानक डर से पीछे हटते हुए ग़ुस्से में आकर कहने लगे, "अरे मरे, सींग हिलाकर मारने आ रहा है, सींग मारेगा?"

गफूर उठकर खड़ा हो गया। पंडितजी के हाथ में फल-फूल और भीगे चावलों की पोटली थी, उसे दिखाते हुए गफूर ने कहा, "गन्ध मिल गई है न उसे, इसी से कुछ खाने को मांगता है..."

"खाने को मांगता है? ठीक, जैसा ख़ुद गंवार है, वैसा ही बैल है। पुआल तो नसीब नहीं होता, केले-चावल खाने को चाहिए! हटा-हटा, रास्ते से एक तरफ़ हटाकर बांध। कैसे सींग हैं, किसी दिन किसी की जान न ले ले!" कहते हुए पंडित जी एक तरफ़ से बचकर निकल गए।

गफूर उनकी दृष्टि हटाकर कुछ देर तक महेश की तरफ़ एकटक

देखता रहा। उसकी गम्भीर काली आंखें वेदना और भूख से भरी थीं, उसने कहा, "तुझे मुट्ठी-भर दिया नहीं? उन लोगों के पास बहुत है, फिर भी देते नहीं किसी को। न दें..." कहते-कहते उसका गला रुंध आया और आंखों से टप-टप आंसू गिरने लगे। महेश के पास आकर वह चुपचाप उसके गले पर, माथे और पीठ पर, हाथ फेरता हुआ चुपके-से कहने लगा, "महेश, तू मेरा लड़का है, तू हम लोगों कों आठ साल तक खिलाता-पिलाता रहा है, अब बूढ़ा हो गया है, तुझे मैं भर-पेट खिला भी नहीं सकता, लेकिन तू तो जानता है कि तुझे मैं कितना चाहता हूं।"

महेश ने इसके उत्तर में सिर्फ़ गर्दन बढ़ाकर आराम से आंखें मींच लीं। गफूर अपने आंसू महेश की पीठ पर पोंछता हुआ उसी तरह अस्फुट स्वर में कहने लगा, "जमींदार ने तेरे मुंह का कौर छीन लिया, मसान के पास जो चरने की जगह थी, उसे भी पैसे के लोभ से ठेके पर उठा दिया, ऐसे अकाल में तुझे कैसे जिलाए रखूं बता? छोड़ देने से तू दूसरों की टाल पर मुंह मारेगा, लोगों के केले के पेड़ तोड़कर खा जाएगा, तेरे लिए मैं क्या करूं? देह में अब तेरे ताक़त भी नहीं, गांव का कोई अब तुझे चाहता नहीं। लोग कहते हैं, अब तुझे बेच देना चाहिए..." मन-ही-मन इन शब्दों के उच्चारण करते ही उसकी आंखों से टप-टप आंसू गिरने लगे। उन्हें हाथ से पोंछकर वह इधर-उधर देखने लगा, फिर फूटे घर के छप्पर से थोड़ा-सा पुराना मैला पुआल खींच लाया और उसे महेश के सामने रखकर धीरे-से कहने लगा, "ले, जल्दी से थोड़ा-बहुत खा ले, देर होने से... फिर..."

"बापू?"

"क्यों बिटिया?"

"आओ, भात खा जाओ।" कहती हुई अमीना घर से निकलकर दरवाज़े पर आ खड़ी हुई। क्षण-भर देखकर उसने कहा, "महेश को फिर छप्पर का पुआल खिला रहे हो बापू?"

ठीक इसी बात का उसे डर था, लज्जित होकर बोला, "सड़ा-सड़ाया पुआल है बिटिया, अपने-आप झर-झरके गिर रहा था।"

"मैं भीतर से आवाज़ सुन रही थी बापू, तुम खींचके निकाल रहे थे ?"

"नहीं बिटिया, ठीक खींचके नहीं निकाला..."

"लेकिन दीवार जो गिर जाएगी बापू..."

गफूर चुप रहा। सिर्फ़ एक कोठरी के सिवा और सब टूट-फूट गया है और इस तरह करने से अगली बरसात में वह भी नहीं टिक सकती, यह बात उससे ज़्यादा और कौन जानता है ! और इस तरह और कितने दिन कट सकते हैं।

लड़की ने कहा, "हाथ-पांव धोकर भात खा जाओ बापू, मैं परोस चुकी हूं।"

गफूर ने कहा, "मांड तो ज़रा दे जा बिटिया, महेश को पिला-पिलूकर बेफिकर होकर खाने बैठूंगा।"

"मांड तो आज नहीं रहा बापू, हंडिया में ही चिपक गया।"

"नहीं है ?" गफूर चुप हो रहा। ऐसे कष्ट के दिनों में ज़रा भी कोई चीज़ बिगाड़ी नहीं जा सकती, इस बात को दस साल की लड़की भी समझ गई है। हाथ-पांव धोकर वह कोठरी के भीतर जाकर खड़ा हो गया। एक पीतल की थाली में पिता के लिए दाल-भात परोसकर बेटी अपने लिए एक मिट्टी की थाली में दाल-भात लिए बैठी है। देखकर गफूर ने धीरे-से कहा, "अमीना, मुझे तो फिर आज जाड़ा मालूम हो रहा है बिटिया, बुख़ार में खाना क्या ठीक होगा ?"

अमीना ने उद्विग्न चेहरे से कहा, "मगर तब तो तुमने कहा था कि बड़ी भूख लग रही है ?"

"तब शायद बुख़ार नहीं था बेटी।"

"तो उठाके रख दूं, शाम को खा लोगे ?"

गफूर ने न जाने क्या सोच-विचारकर सहसा इस समस्या की मीमांसा कर डाली, बोला, "एक काम करो न बेटी, न हो तो महेश को खिला दो। रात को फिर मेरे लिए मुट्ठी-भर नहीं बना सकोगी अमीना ?"

उत्तर में अमीना मुंह उठाकर क्षण-भर चुपचाप पिता के मुंह की ओर

देखती रही, फिर सिर झुकाकर धीरे-से बोली, "हां, बना दूंगी बापू।"

गफूर का चेहरा सुर्ख हो उठा। बाप और बेटी में यह जो थोड़ा-सा झूठ-मूठ का अभिनय हो गया, उसे इन दो प्राणियों के सिवा शायद और भी एक जन ने आसमान में रहकर देख लिया।

पांच-सात दिन बाद, एक दिन बीमार गफूर चिन्तित चेहरे से अपने आंगन मैं बैठा था। उसका महेश कल से अभी तक लौटा ही नहीं। ख़ुद वह कमज़ोर है, इसलिए अमीना उसे सबेरे से चारों तरफ ढूंढ़ती फिर रही है। दिन छिपने से पहले उसने वापस आकर कहा, "सुना है बापू, मानिक बाबू ने महेश को थाने में भिजवा दिया है।"

गफूर ने कहा, "चल पगली!"

"हां बापू सच। उनके नौकर ने मुझसे कहा कि अपने बाप से जाके कह दे, दरियापुर के मवेशीखाने में ढूंढ़े जाकर।"

"क्या किया था उसने?"

"उनके बगीचे में घुसकर उसने पेड़-पौधे बरबाद कर दिए हैं।"

गफूर सन्न होकर बैठा रहा। महेश के सम्बन्ध में उसने अनेक प्रकार की दुर्घटनाओं की कल्पना की थी, पर ऐसी आशंका उसे नहीं थी। वह जैसा निरीह है, वैसा ही ग़रीब, लिहाज़ा कोई पड़ोसी उसे उतनी बड़ी सज़ा दे सकता है, इस बात का डर उसे नहीं था। ख़ासकर मानिक घोस से तो उसे, गऊ और ब्राह्मणों पर जिसकी भक्ति अन्य गांवों तक प्रसिद्ध है, ऐसी आशा नहीं थी।

लड़की ने कहा, "दिन तो छिपा जाता है बापू, महेश को लाने नहीं जाओगे?"

गफूर ने कहा, "नहीं।"

"लेकिन उसने तो कहा है कि तीन दिन के भीतर नहीं छुड़ाने से पुलिसवाले उसे गौहट्टी में बेच डालेंगे।"

गफूर ने कहा, "बेच डालने दे।"

गौहट्टी ठीक क्या चीज़ है, अमीना इस बात को नहीं जानती थी, परन्तु महेश के सम्बन्ध में उसका उल्लेख होते ही उसका बाप कैसा विचलित हो उठता है, इस बात को उसने बहुत दफे देखा था, परन्तु आज वह और कोई बात न कहकर चुपचाप धीर-से चला गया।

रात को अंधेरे में छिपकर गफूर बंशी की दुकान पर जाकर बोला, "चाचा, आज एक रुपया देना होगा।" कहते हुए उसने अपनी पीतल की थाली बंशी के बैठने के माचे के नीचे रख दी। इस चीज़ की तौल वगैरह से बंशी परिचित था। पिछले दो सालों में उसने इसे पांच-छः दफे गिरवी रखकर एक-एक रुपया दिया है। इसलिए आज भी उसने कोई आपत्ति नहीं की।

दूसरे दिन फिर महेश अपने स्थान पर बंधा दिखाई दिया। वही बबूल का पेड़, वही रस्सी, वही खूंटी, वही रीती नांद, वही भूख से बेचैन काली आंखों की सजल उत्सुक दृष्टि। एक बूढ़ा-सा मुसलमान उसे अत्यन्त तीव्र दृष्टि से देख रहा था। पास ही एक किनारे दोनों घुटने मिलाए गफूर चुपचाप बैठा था। अच्छी तरह देख-भालकर उस बुड्ढे ने चादर के छोर में से एक दस रुपये का नोट निकालकर, उसकी तह खोलके, बार-बार उसे ठीक करते हुए गफूर के पास जाकर कहा, "अब मोल-तोल करके इसे भुनाऊंगा नहीं, यह लो, पूरे दस-के-दस दिए देता हूं... लो।"

गफूर ने हाथ बढ़ाकर नोट ले लिया और उसी तरह चुपचाप बैठा रहा, पर जो आदमी बुड्ढे के साथ आए थे, उनके पगहा पर हाथ लगाते ही गफूर अकस्मात् उठकर' सतर खड़ा हो गया और उद्धत स्वर में बोल उठा, "पगहा को हाथ मत लगाना, कहे देता हूं... ख़बरदार, अच्छा न होगा!"

वे चौंक पड़े। बुड्ढे ने आश्चर्य के साथ कहा, "क्यों?"

गफूर ने उसी तरह ग़ुस्से में जवाब दिया, "क्यों क्या, मेरी चीज़ है, मैं नहीं बेचता... मेरी ख़ुशी!" इतना कहकर उसने नोट को अलग फेंक दिया।

उन लोगों ने कहा, "कल रास्ते में बयाना जो ले आए थे?"

"यह लो, अपना बयाना वापस ले लो!" कहकर उसने अंटी में से दो रुपया निकालकर झन्न से पटक दिए। एक झगड़ा उठ खड़ा होगा, इस ख़याल से बूढ़े ने हंसकर धीरता के साथ कहा, "दबाव डालकर और दो रुपये ज़्यादा लेना चाहते हो, यही तो? दे दो जी, जलपान के लिए उसकी लड़की के हाथ पर धर दो? दो रुपये। बस, यही तो?"

"नहीं।"

"मगर इससे ज़्यादा कोई एक धेला भी नहीं देगा, मालूम है?"

गफ़ूर ने ज़ोर से सिर हिलाकर कहा, "नहीं।"

बुड्ढे ने नाराज़ होकर कहा, "तो क्या चमड़े की ही तो क़ीमत मिलेगी। नहीं तो, माल इसमें क्या है?"

"तौबा! तौबा!" गफ़ूर के मुंह से अचानक एक भद्दी कड़वी बात निकल गई और दूसरे ही क्षण वह अपनी कोठरी में जाकर चिल्ला-चिल्लाके धमकी देने लगा कि अगर वे जल्दी से गांव के बाहर नहीं चले गए, तो जमींदार के आदमियों को बुलवाकर जूते मारकर निकलवा दूंगा।

शोरगुल सुनकर लोग इकट्ठे हो गए, मगर इतने में जमींदार के यहां से उनका बुलावा आ गया। बात मालिक साहब तक पहुंच गई थी।

कचहरी में उस समय भले-बुरे, ऊंच-नीच सभी तरह के आदमी बैठे थे। शिवशंकर बाबू ने आंखें तरेरकर कहा, "गफ़ूरा, तुझे क्या सज़ा दी जाए, कुछ समझ में नहीं आता। किसकी जमींदारी में रहता है, जानता है?"

गफ़ूर ने हाथ जोड़कर कहा, "जानता हूं। हम लोग खाने बिना मर रहे हैं हुज़ूर, नहीं तो आज आप जो कुछ जुर्माना करते, मैं 'ना' नहीं करता।"

सभी चकित हो गए। इस आदमी को वे ज़िद्दी और बदमिजाज ही समझते आ रहे थे। गफ़ूर ने रुंधे हुए गले से कहा, "ऐसा काम अब कभी न करूंगा मालिक साहब।"

इतना कहकर उसने ख़ुद ही दोनों हाथों से अपना कान पकड़ा और आंगन में एक तरफ़ से नाक रगड़कर वह खड़ा हो गया।

शिवशंकर बाबू ने सदय कंठ से कहा, "अच्छा, जा जा, हो गया, जा। अब कभी ऐसा मत करना।"

बात सुनकर सबके रोएं खड़े हो गए और इस विषय में किसी को रंचमात्र भी सन्देह न रह गया कि ऐसा महापातक होते-होते जो रुक गया, वह सिर्फ़ मालिक साहब के पुण्य के प्रभाव से और शासन के ज़ोर से। तर्करत्न महाशय भी उपस्थित थे, उन्होंने गो-शब्द की शास्त्रीय व्याख्या की और ऐसी धर्मज्ञान शून्य म्लेच्छ जाति को गांव के आस-पास कहीं भी क्यों नहीं बसने देना चाहिए, इस बात को प्रकट करके लोगों के ज्ञान-नेत्र खोल दिए!

गफूर ने किसी बात का जवाब नहीं दिया, बल्कि उसने इस अपमान और तिरस्कार को सही समझकर सिर-माथे ले लिया और वह प्रसन्नचित्त घर चला गया। उसने पड़ोसी के घर से मांड मांगकर महेश को पिलाया और उसकी देह, सिर और सिंगों पर बार-बार हाथ फेरकर अस्फुट स्वर में न जाने क्या-क्या कहता रहा।

जेठ ख़तम हो चला। रुद्र की जिस मूर्ति ने एक दिन बैसाख के अन्त में आत्मप्रकाश किया था, वह कितनी भीषण और कितनी बड़ी कठोर हो सकती है, इस बात का अनुभव आज के आकाश की तरफ़ बग़ैर देखे किया ही नहीं जा सकता। कहीं भी ज़रा करुणा का आभास तक नहीं। कभी इस रूप का लेश-मात्र परिवर्तन हो सकता है और किसी दिन यह आकाश बदलियों से घिरकर सजल दिखाई दे सकता है, इस बात की आज कल्पना करते भी डर लगता है। सारे आसमान से जो जलती हुई आग-सी लगातार झर रही है, उसका अन्त नहीं, समाप्ति भी नहीं, सबको अन्त तक जलाकर ख़ाक किए बग़ैर वह नहीं रुकने की।

ऐसे दिन में ठीक दोपहर के वक़्त गफूर घर लौटा। दूसरे के दरवाज़े

पर मज़ूरी करने की उसको आदत नहीं और अभी बुख़ार को छूटे भी चार-पांच दिन ही हुए हैं, शरीर कमज़ोर है, थका हुआ। फिर भी आज वह काम की तलाश में निकला था, मगर ऐसी तेज़ धूप में चलने के सिवा और कुछ उसके हाथ नहीं आया। भूख, प्यास और थकान के मारे उसे आंखों के आगे अंधेरा दिखाई दे रहा था। आंगन में खड़े होकर उसने आवाज़ दी, "अमीना, भात हो गया री?"

लड़की कोठरी में से आहिस्ता से निकलकर चुपचाप खूंटी के सहारे खड़ी हो गई।

जवाब न पाकर गफूर चिल्लाकर बोल उठा, "हुआ भात? क्या कहा, नहीं हुआ? क्यों नहीं हुआ बता?"

"चावल नहीं हैं बापू।"

"चावल नहीं हैं? सबेरे क्यों नहीं कहा मुझसे?"

"रात को तो कहा था!"

गफूर ने मुंह बनाकर उसके स्वर की नकल करते हुए कहा, "रात को तो कहा था! रात को कहने से किसी को याद रहती है?" कर्कश कंठ से उसका क्रोध दूना बढ़ गया। वह चेहरे को अधिकतर विकृत करके कहने लगा, "चावल रहेगा कहां से। बीमार बाप खाय चाहे न खाय, धींगड़ी लड़की को चार-चार, पांच-पांच दफे गटकने को चाहिए। आज से चावल मैं ताले में बन्द करके रखूंगा। ला, एक लोटा पानी दे, मारे प्यास के छाती फटी जाती है। कह दे, पानी भी नहीं है!"

अमीना उसी तरह सिर झुकाए खड़ी रही। कुछ देर बाद गफूर जब समझ गया कि घर में पीने का पानी तक नहीं, तब तो वह अपने को सम्हाल न सका। उसने चट् से पास जाकर उसके गाल पर तड़-सें एक तमाचा जड़ दिया और कहा, "कलमुंही, हरामजादी लड़की, दिन-भर तू किया क्या करती है? इतने लोग मरते हैं, तू क्यों नहीं मरती?"

लड़की ने कुछ जवाब नहीं दिया, मिट्टी की गागर उठाकर ऐसी कड़ाके की धूप में ही आंखें पोंछती हुई चुपचाप चल दी। मगर उसके

आंख से ओझल होते ही गफ़ूर की छाती में शूल-सा चुभने लगा। बग़ैर मां की इस लड़की को उसने किस तरह पाल-पोसकर बड़ा किया है, सो वही जानता है।

वह सोचने लगा, उसकी इस स्नेहमयी कार्य-परायणा शान्त लड़की का कोई दोष नहीं है। खेत का जो थोड़ा-सा अनाज था, उसके निबट जाने के बाद से उसे दोनों वक़्त भर-पेट खाने को भी नहीं मिलता। किसी दिन एक वक़्त खाकर रह जाती है और किसी दिन वह भी नसीब नहीं होता। दिन में चार-चार, पांच-पांच दफ़े खाने की बात जितनी असम्भव है, उतनी ही झूठ। और घर में पानी न रहने का कारण भी उससे छिपा न था। गांव में जो दो-तीन तालाब हैं, वे बिलकुल सूख गए हैं। शिवचरण बाबू के पिछवाड़े के पोखर में जो थोड़ा-बहुत पानी है भी, सो सबको मिलता नहीं। और-और तालाबों में एक-आध जगह गड्ढा खोदकर जो कुछ पानी संचित होता है, उसके लिए छीना-झपटी मच जाती है और वहां भीड़ भी बहुत रहती है। मुसलमान होने से वह उनके पास भी नहीं जा सकती। घंटों दूर खड़ी रहने के बाद, बहुत निहोरे करने पर कोई दया करके उसके बरतन में डाल दे, तो वह घर लाए। इस बात को वह जानता था। हो सकता है कि आज पानी न रहा हो; या छीना-झपटी के बीच किसी को लड़की पर कृपा करने का मौक़ा ही न मिला हो, ऐसी ही कोई बात हो गई होगी, यह समझकर उसकी आंखों में आंसू भर आए।

इतने में जमींदार का पियादा यमदूत की तरह आंगन में आ खड़ा हुआ, बोला, “गफ़ूरा, घर में है क्या?”

गफ़ूर ने तीखे स्वर में उत्तर दिया, “हूं, क्यों, क्या है?”

“बाबू साहब बुला रहे हैं, चल!”

गफ़ूर ने कहा, “अभी मैंने खाया-पिया नहीं, पीछे जाऊंगा।”

इतना ज़बरदस्त हौंसला पियादे से सहा नहीं गया। उसने एक भद्दा सम्बोधन करके कहा, “बाबू का हुक्म है, जूता मारते-मारते घसीट ले जाने का।”

गफूर दूसरी बार अपने को भूल गया, उसने भी एक कटु शब्द का उच्चारण करते हुए कहा, "महारानी के राज्य में कोई किसी का ग़ुलाम नहीं है। लगान देकर रहता हूं, मुफ़्त नहीं, मैं नहीं आता।"

मगर संसार में इतने छोटे के लिए इतने बड़े की दुहाई देना सिर्फ़ व्यर्थ ही नहीं, बल्कि विपत्ति का भी कारण है। यह ख़ैर हुई कि इतना क्षीण कंठ उतने बड़े कानों तक पहुंचा नहीं... नहीं तो उनके मुंह का अन्न और आंखों की नींद ही जाती रहती।

इसके बाद क्या हुआ, विस्तार से कहने की ज़रूरत नहीं, लेकिन घंटे-भर बाद जब वह जमींदार के सदर से लौटकर चुपचाप पड़ा रहा, तब उसका चेहरा और आंखें सब फूल रही थीं। उसकी सजा का प्रधान कारण है महेश। उसके घर से बाहर निकलने के बाद ही वह पगड़ा तोड़कर भाग खड़ा हुआ और जमींदार के सहन में जाकर उसने फूलों के सारे पौधे नष्ट कर डाले। अन्त में पकड़ने की कोशिश की गई, तो वह बाबू साहब की छोटी लड़की को पटककर भाग गया। ऐसी घटना यह पहले-पहल हुई हो, सो बात नहीं, इसके पहले भी हुई है, पर ग़रीब होने से उसे माफ़ कर दिया जाता था, परन्तु प्रजा होकर उसका यह कह देना कि वह लगान देकर रहता है और किसी का ग़ुलाम नहीं, जमींदार से किसी भी तरह सहा नहीं गया। वहां उसने पिटने और बेइज़्ज़त होने का ज़रा भी प्रतिवाद नहीं किया, सबकुछ मुंह बन्द करके सह लिया और घर आकर भी उसी तरह मुंह बन्द करके पड़ा रहा। भूख-प्यास की बात उसे याद नहीं रही, लेकिन छाती के भीतर मानो आग-सी जलने लगी। इस तरह कितनी देर बीत गई, उसे कुछ होश नहीं, परन्तु आंगन से सहसा अपनी लड़की की कराह कान में पड़ते ही वह तड़ाक् से उठके खड़ा हो गया और लपका। बाहर जाकर देखता क्या है कि अमीना ज़मीन पर पड़ी है, उसकी फूटी गागर से पानी झर रहा है और महेश मिट्टी पर मुंह लगाए मानो मरुभूमि की तरह पानी सोख-सोखकर पी रहा है। आंखों की पलकें नहीं गिरीं, गफूर का होश-हवास जाता रहा। मरम्मत के लिए कल उसने अपने हल

का सिरा खोल रखा था, उसी को दोनों हाथों से उठाकर उसने महेश के झुके हुए माथे पर ज़ोर से दे मारा।

एक बार, सिर्फ़ एक बार महेश ने मुंह उठाने की कोशिश की, उसके बाद उसका भूखा-प्यासा कमज़ोर शरीर ज़मीन पर लुढ़क पड़ा। आंखों से आंसुओं की कुछ बूंदें कनपटियों की तरफ़ ढुलक पड़ीं और कान से थोड़ा-सा खून बह निकला। दो-तीन बार सारा शरीर थरथराकर कांप उठा, फिर सामने और पीछे के पैर जहां तक तन सकते थे, तन्नाकर महेश ने अन्तिम सांस छोड़ दी।

अमीना रो उठी, बोली, "क्या किया बापू? महेश तो अपना मर गया।"

गफूर टस-से-मस न हुआ, न कुछ जवाब दिया, सिर्फ़ एकटक दृष्टि से सामने पड़े हुए महेश की पथराई गहरी काली आंखों की तरफ़ देखता हुआ पत्थर की तरह निश्चल खड़ा रहा।

दो घंटे के भीतर ख़बर पाकर, दूसरे गांव के मोची आ जुटे और महेश को बांस में बांधकर बीहड़ की तरफ़ ले चले। उनके हाथों में पैने चमकते हुए छुरे देखकर गफूर सिहर उठा, चट्-से उसने आंखें मींच लीं, उसके मुंह से एक शब्द तक नहीं निकला।

मोहल्ले के लोग कहने लगे, "तर्करत्न जी से व्यवस्था लेने के लिए जमींदार ने आदमी भेजा। प्रायश्चित का ख़र्च जुटाने में अब तेरा घर-द्वार तक बिक जाएगा!"

गफूर ने इन सब बातों का कोई जवाब नहीं दिया, वह घुटनों पर मुंह रखकर चुपचाप बैठा रहा।

बहुत रात बीते, गफूर ने लड़की को जगाकर कहा, "अमीना, चल, हम लोग चलें यहां से..."

वह बरामदे में सो रही थी, आंखें मलती हुई उठकर बैठ गई, बोली, "कहां बापू?"

गफूर ने कहा, "फुलवाड़ी की जूट मिल में काम करने।"

लड़की आश्चर्य में पड़ गई और बाप का मुंह ताकने लगी। इसके पहले बड़े-से-बड़े दुख में भी उसका बाप जूट मिल में काम करने को राजी न हुआ था, कह दिया करता था कि वहां धर्म नहीं रहता, लड़कियों की इज़्ज़त-आबरू नहीं रहती आदि।

गफूर ने कहा, "अब देरी मत कर बिटिया, बहुंत दूर पैदल चलना है।"

अमीना पानी पीने का लोटा और पिता के खाने की पीतल की थाली साथ में ले रही थी, पर गफूर ने मना कर दिया, "ये सब रहने दे बिटिया, इनसे अपने महेश का पिरासचित होगा।"

अन्धकारमय गहरे सन्नाटे में गफूर लड़की का हाथ पकड़कर घर से निकल पड़ा। गांव में उसका कोई आत्मीय नहीं था, लिहाज़ा किसी से कुछ कहने-सुनने की ज़रूरत नहीं थी। आंगन पार होकर रास्ते के किनारे उस बबूल के पेड़ के नीचे पहुंचते ही वह ठिठककर खड़ा हो गया और फूट-फूटकर रोने लगा। तारों से जड़े काले आसमान की तरफ़ मुंह उठाकर कहने लगा, "अल्लाह! मेरा महेश प्यासा मर गया। उसके चरने-खाने तक को किसी ने ज़मीन नहीं दी। मुझे जितनी चाहे सज़ा दे लो, मगर जिसने तुम्हारी दी हुई घास और तुम्हारा दिया हुआ पानी उसे पीने नहीं दिया, उसका क़सूर तुम कभी माफ़ मत करना।"